L'ordre des planches a été rétabli lors de la restauration du volume.

X. 2006.

INTRODUCTION

AU PREMIER VOLUME DE LA GALERIE

DES MODES FRANÇAISES.

LES révolutions qu'éprouvait le Coſtume des Têtes Françaiſes, lorſque cette Galerie a été entrepriſe, paraiſſaient être le ſeul objet qui dût fixer la curioſité des Perſonnes de l'un & de l'autre ſexe. C'eſt pour cette raiſon que les ſix premiers cahiers ne préſentent que diverſes eſpeces de Coëffures. La révolution s'étant tout-à-coup étendue aux autres parties de l'Habillement Français, l'ouvrage eſt devenu plus intéreſſant ; & quoique d'une exécution moins facile & plus diſpendieuſe, rien n'a été épargné pour le rendre parfait, & répondre au goût & à l'empreſſement du Public.

Cette Galerie étant deſtinée à donner une idée vraie des Modes en tout genre, il importait de tracer leur Portrait, avec autant d'intelligence que de fidélité. Les Artiſtes ſont parfaitement entrés dans cette vue ; leurs deſſins ont été faits d'après nature, & gravés avec ſoin. Ils ſe ſont occupés à ſaiſir toutes les nuances qui caractériſent les divers Coſtumes. Ils ont rendu ſenſible, autant qu'il eſt poſſible, la variété des Etoffes, leur mélange, leurs combinaiſons, & pour completer l'illuſion, les Figures ont été coloriées d'après les couleurs à la mode, & ſuivant le goût dominant : par ce moyen les Gravures paraiſſent de véritables Tableaux, & rendent

a

d'une maniere auſſi agréable que correcte, l'enſemble du Coſtume, & chaque partie qui le compoſe.

Non-ſeulement la Galerie des Modes réunit l'exactitude à l'agrément, elle eſt encore inſtructive; chaque Planche eſt accompagnée d'une Notice qui explique le Coſtume qu'elle repréſente, & à la tête de chaque volume ſera placée une explication plus étendue pour les objets qui en ſeront ſuſceptibles. M. M*** s'eſt fait un plaiſir d'exécuter cette partie intéreſſante de la Galerie, & concourir à la perfection de cette entrepriſe. Les applaudiſſemens qu'ont reçu, il y a quelques années, les Eſſais hiſtoriques qu'il a publiés ſur les Modes Françaiſes, ſont d'un heureux augure pour le ſuccès de cette nouvelle tentative.

Les volumes de la Galerie des Modes ſeront compoſés de quatre-ving-ſeize planches in-folio, ou, ce qui revient au même, de ſeize cahiers de ſix feuilles, réunis ſous un frontiſpice allégorique, qui formera, avec la Deſcription générale un dix-ſeptieme cahïer. Il y aura des volumes coloriés & non-coloriés, afin que le Public puiſſe choiſir.

Tous les Coſtumes nouveaux, ſoit pour les Cérémonies, les Fêtes, les Plaiſirs, feront partie de cette intéreſſante Galerie. Les cahiers, pour le facilité des Amateurs & du Public, continueront d'être diſtribués auſſi-tôt qu'ils ſeront gravés. Les précautions qu'on a priſes ſont telles, que les Modes nouvelles ſeront gravées & diſtribuées au moment même de leur naiſſance.

Tel eſt le plan de la Galerie des Modes ou Coſtumes nouveaux, dont voici le premier volume, ouvrage unique dans son genre , & qui n'a peut-être que les apparences de la frivolité: il pourra devenir un jour très-utile aux Artistes qui seront chargés d'exécuter quelque Tableau relatif aux événemens qui se passent sous nos yeux ; il fournira une abondante moisson aux Ecrivains qui voudront mettre en valeur les révolutions du Costume Français , portion de notre Histoire qui n'a peut-être été que trop négligée ; les Spectacles pourront aussi en faire leur profit.

Mais , sans plonger dans l'avenir , il est sensible que la Galerie des Modes peut être considérée, au moment actuel, sous plusieurs points - de - vues avantageux. Elle facilite aux personnes de l'un & l'autre sexe les moyens de connaître les nouveaux Costumes , les Modes régnantes. Elle leur apprend ou ce qu'ils peuvent desirer , ou ce qu'ils doivent exécuter pour être à l'unisson avec leurs contemporains. En circulant chez l'Etranger , la Galerie peut exciter le désir de se procurer des Modes Françaises; de-là une nouvelle branche de commerce, de-là de nouvelles ressources pour la nation. Il est notoire qu'en fait des Modes , toute l'Europe est tributaire de l'industrie Française. Cette prédilection n'est point l'effet du caprice, elle est dûe au génie inventif des Dames Françaises , pour tout ce qui concerne leur parure, & sur-tout à ce goût fin & délicat qui caractérise les moindres bagatelles qui sortent de leurs mains.

Finissons par observer que cette Galerie ne pouvait paraître dans un moment plus favorable : non-seulement il s'est excité en France une fermentation générale , relativement au changement des Modes , non-seulement elle s'est fait sentir par toute l'Europe ; mais il faut en convenir, jamais peut-être les Modes n'ont eu un regne si brillant ; jamais elles n'ont mieux mérité de tout asservir sous leur empire. Jettez les yeux sur les Coëffures modernes, comme elles se sont agréablement développées ? Quels contours heureux offrent les Robes nouvelles ; qu'elles sont gracieuses, qu'elles sont commodes ! Sous leurs auspices, il semble qu'il est donné aux femmes de réparer tous les torts de la nature, & même ceux du tems. O Modes ! qui pourroit vous outrager ! Filles des Graces, elles vous ont communiqué le pouvoir d'embellir tout ce qui vous approche ! Si l'homme est né pour le bonheur, c'est de votre sein que doit éclore sa félicité.

N. B. Le I.er, II.e, III.e, IV.e, V.e & VI.e Cahier de ce Volume, renferment cent quarante-six Coëffures absolument différentes les unes des autres, soit pour la grande parure, soit pour le négligé. Il y a cent trente-six Coëffures de Dames, & dix pour les Hommes : elles ont toutes leur signalement imprimé à côté de la Gravure ; c'est ce qui dispense d'entrer ici dans les détails de chaque Coëffure.

GALLERIE
DES MODES ET COSTUMES FRANÇAIS
DESSINÉS D'APRÈS NATURE.
Gravés par les plus Célèbres Artistes en ce genre,
et coloriés avec le plus grand soin par Madame Le Beau.

OUVRAGE
commencé en l'année 1778.

A PARIS.
Chez les S.rs Esnauts et Rapilly, rue S.t Jacques,
a la Ville de Coutances,
Avec Priv. du Roi

EXPLICATION DE CE FRONTISPICE ALLÉGORIQ.t
pour être mis au premier Volume du Recueil des Modes Françaises.
La Folie et l'Amour choisissent des ajustemens à la mode. Le Gout caracterisé par une Couronne de fleurs, tenant d'une main un Flambeau, et
de l'autre une Baguette, ayant des ailes de Papillon pour marque de sa légéreté, les éclaire dans leur choix. Sur l'un des côtés on voit une
Toilette toute dressée, sous le tapis est caché un Amour qui lance des traits. En haut du Rideau qui sert de fond au Sujet, est un petit Mercure
qui se retrousse et qui va publier au son de trompe la renommée des Modes Françaises.

PRIVILEGE GÉNÉRAL.

LOUIS, PAR LA GRACE DE DIEU ROI DE FRANCE ET DE NAVARRE: A nos amés & féaux Confeillers, les Gens tenant nos Cours de Parlement, Maîtres des Requêtes ordinaires de notre Hôtel, Grand-Confeil, Prévôt de Paris, Baillifs, Sénéchaux, leurs Lieutenans Civils, & autres nos Jufticiers qu'il appartiendra: SALUT. Nos amés les Srs. ESNAUTS & RAPILLI. Nous ont fait expofer qu'ils défireroient faire imprimer & donner au Public, *les Modes Françoifes, de leur compofition*, s'il nous plaifoit leur accorder nos Lettres de Privilége à ce néceffaires. A CES CAUSES, voulant favorablement traiter les Expofants nous leur avons permis & permettons de faire imprimer ledit Ouvrage autant de fois que bon leur femblera, & de le vendre, faire vendre par-tout notre Royaume. Voulons qu'ils jouiffent de l'effet du préfent Privilége, pour eux & leurs hoirs, à perpétuité, pourvu qu'ils ne le rétrocédent à perfonne; & fi cependant ils jugeoient à propos d'en faire une ceffion, l'Acte qui la contiendra fera enregiftré en la Chambre Syndicale de Paris, à peine de nullité, tant du Privilége que de la ceffion; & alors, par le fait feul de la ceffion enregiftrée, la durée du préfent Privilége fera réduite à celle de la vie des Expofants ou à celle de dix années à compter de ce jour, fi les Expofants décédent avant l'expiration defdites dix années. Le tout conformément aux articles IV & V de l'Arrêt du Confeil du 30 Août 1777, portant Réglement fur la durée des Priviléges en Librairie. FAISONS défenfes à tous Imprimeurs, Libraires & autres perfonnes de quelque qualité & conditions qu'elles foient, d'en introduire d'inpreffion étrangere dans aucun lieu de notre obéiffance; comme auffi d'imprimer ou faire imprimer, vendre, faire vendre, débiter ni contrefaire lefdits ouvrages, fous quelque prétexte que ce puiffe être, fans la permiffion expreffe & par écrit defdits Expofants ou de celui qui les réprefentera, à peine de faifie des exemplaires contrefaits de fix mille livres d'amende, qui ne pourra être modérée pour la premiere fois, de pareille amende & de déchéance d'état en cas de récidive, & tous dépens, dommages & intérêts, conformément à l'Arrêt du Confeil du 30 Août 1777, concernant les contrefaçons. A la charge que ces Préfentes feront enrégiftrées tout au long fur le Regiftre de la Communauté des Imprimeurs & Libraires de Paris, dans trois mois de la date d'icelles; que l'impreffion dudit ouvrage fera faite dans notre Royaume & non ailleurs, en beau papier & beau caractere, conformément aux Réglements de la Librairie, à peine de déchéance du Préfent Privilége: qu'avant de l'expofer en vente, le manufcrit qui aura fervi de copie à l'impreffion dudit ouvrage fera remis dans le même état où l'Approbation y aura été donnée, ès mains de notre très cher & féal Chevalier Garde des Sceaux de France le Sieur HUE DE MIROMENIL, qu'il en fera enfuite remis deux exemplaires dans notre Bibliothéque publique, une dans celle de notre Château du Louvre, une dans celle de notte très-cher & féal Chevalier Chancelier de France le Sieur DE MAUPEOU & une dans celle dudit Sieur HUE DE MIROMENIL. Le tout à peine de nullité des Préfentes; du contenu defquelles vous mandons & enjoignons de faire jouir lefdits Expofants & leurs hoirs perfonne pleinement & paifiblement, fans fouffrir qu'il leur foit fait aucun trouble ou empêchement. VOULONS que la copie des Préfentes, qui fera imprimée tout au long au commencement ou à la fin dudit ouvrage, foit tenue pour dûement fignifiée, & qu'aux copies collationnées par l'un de nos amés & féaux Confeillers Secrétaires, foi foit ajoutée comme à l'original. COMMANDONS au premier notre Huiffier ou Sergent fur ce requis, de faire pour l'exécution d'icelles, tous Actes requis & néceffaires, fans demander autre permiffion, & noboftant clameur de Haro, Charte Normande; & Lettres à ce contraires. Car tel eft notre plaifir. Donné à Paris, le vingt neuf de Juillet, l'an de grace mil fept cent foixante-dix-huit & de notre Regne le cinquieme. Par le Roi en fon Confeil. LE BEGUE.

Regiftré fur le Regiftre XX. de la Chambre Royale & Syndicale des Libraires & Imprimeurs de Paris, N°. 1417. fol. 577. conformément aux difpofitions énoncées dans le préfent Privilege, & à la charge de remettre à ladite Chambre les huit exemplaires préfcrit par l'article CVIII du Réglement de 1723. A Paris, ce 17 Août 1778.

A. M. LOTTIN, l'aîné, *Syndic.*

VII.e CAHIER

Premiere Suite. *Premiere Figure.*

POLONAISE courante, ou Polonaife en frac, très-commode le matin & à la campagne. Cet Habillement galant, lefte & négligé, s'agraffe fous le parfait contentement ; il veut être relevé fort haut, & ne comporte que des étoffes légeres. Les ailes, ou côtés de la Polonaife, doivent être petites & la queue fort longue.

La Gravure repréfente une de ces robes, en taffetas des Indes à petites rayes égales ; garniture de gaze unie ; le volant auffi de gaze bouillonnée en chef, les manches perdues fous des fabots bouillonnés, de même que le haut du volant ; contentement très-large, pareil aux rofettes qui relevent la polonaife.

Chapeau en tambour de bafque (on l'a nommé, depuis cette Gravure, le Chapeau à la belle jambe) ; les bords rabattus, de gaze unie comme la garniture de la robe ; la forme ou toque d'étoffe pareille à la polonaife ou au ruban, pliffée & captivée par trois barrieres de perles à deux rangs, qui foutiennent des boutons à paillettes ; trois boucles droites avec le favori careffant les oreilles, qu'il doit laiffer découvertes lorfqu'elles font mignones ; au-deffus de la toque, un panache à quatre plumes flottantes, de couleurs afforties, d'où fort une aigrette à trois fléches courbées & compofées de plumes de faifan.

Un Collier de gaze, à garniture frifée, avec un nœud fur le devant, acheve de donner du relief, & de completter la petite oye de cette élégante parure.

Seconde Figure.

POLONAISE à poche & à coqueluchon, ou Polonaife d'hiver. Ces robes font fort étroites par-devant, & laiffent en liberté la petite vefte garnie dans fon centre & couronnée par un large contentement.

Les ailes, & la queue arrondie, fe relevent très-haut, comme dans la précédente gravure, avec des rubans, ou avec des cordons & des glands.

Grand volant à la tête timbrée, d'une bande bouillonnée même étoffe que le refte de l'habillement. Sabots étroits, avec de petits Bons-hommes

A

Frifure au chignon tombant, coupée par deux boucles obliques qui fe touchent par une de leurs extrémités.

Chapeau à la Bifcayenne, compofé d'un rang de gaze pliffée, à tête rabattue, formant les bords ; un large ruban, à plis ronds, environne la forme du chapeau & fupporte un fecond ruban uni, terminé fur le derriere par une double rofette : la forme du chapeau, en gaze bouffante, eft à demi-éclipfée par un panache à trois plumes d'autruche, peu élevées, dont la racine va fe perdre dans la double rofette.

Chauffure analogue au refte de l'habillement, pour l'affortiment des couleurs, avec une rofette ronde. Cordon de montre garni de bouffettes en cheveux & or, avec des appanages en breloques.

Troifieme Figure.

POLONAISE à fein ouvert, agraffée au milieu de la taille, avec des ailes développées fur le devant, & la queue épanouie par derriere.

Comme ces polonaifes laiffent entrevoir le fein dans tout fon éclat, le defir d'exciter la curiofité les fait accompagner d'un fichu ou mouchoir de gaze, reployé fur lui-même & garni dans tout fon pourtour ; ce qui donne à cet ajuftement négligé, un air de décence qui femble ajoûter à fa beauté.

La Gravure repréfente une petite-maîtreffe, lifant une lettre. Sa robe eft de toile peinte, à bouquets détachés & à petites rayes ; garniture de linon, à plis ronds, fabots pareils, un peu évafés ; volant très-haut, à tête unie & plis ronds.

Coëffure en racine droite, furmontée d'un pouf de gaze, appanagé d'une aigrette en héron recourbé, muni de fa tête ; quatre boucles de chaque côté, dont une à jour & tombante.

Cordon de montre en cheveux, garni en paillettes, clef, cachet & caffolette en œuf d'autruche.

Souliers à grands talons : boucles à la d'Artois, avec l'oreille du foulier de couleur différente que le refte de la chauffure.

Quatrieme Figure.

DEMI-POLONAISE ou Polonaife à la liberté. C'eft une efpece de diminutif de ces bas de robes que les Dames de la Cour, obligées par étiquette de paraître en public le matin, ont adopté depuis long-tems,

& dont on a fait une application affez heureufe aux modes nouvelles.

La demi-Polonaife confifte dans une jupe, fur laquelle on attache un bas de polonaife, ou fimplement une queue de polonaife retrouffée à l'ordinaire ; elle eft auffi commode qu'agréable, & procure le double avantage, de faire paraître habillée, tandis qu'on ne l'eft pas.

La Gravure offre une Dame de qualité, fe promenant à la campagne, vêtue d'une demi-polonaife à fimple queue. La jupe & la queue font de toile blanche, dont les garnitures & le volant, très-incommode dans les promenades, ont été remplacés par des bandes de toile peinte avec encadrement; une de ces bandes occupe le bas de la jupe; les autres plus petites, fe placent vers le milieu & figurent la tête du volant ; la queue retrouffée avec des rofettes, eft bordée d'une double bande pareille à celle de la jupe.

Le mantelet eft une piece effentielle de cet ajuftement; il doit être ample, envelopper tout ce qu'on appelle le corfage, & ne laiffer entrevoir que le bas du corps; par ce moyen, l'habillement paraît complet, & fait illufion au point de tromper l'œil le plus curieux.

Coëffure négligée, au chien couchant, avec fa boucle tombant fur le col : Chapeau de paille, fort panché fur le devant, pour garantir du foleil, relevé par derriere, pour donner plus de jeu au chignon en natte dégagée : le côté droit du chapeau, défigné par une double rofette, tenant une fleur aux arrêts; pour gance, un large ruban uni, dont les extrémités viennent careffer l'oreille gauche.

Une canne, un éventail, des gants, un bracelet à rofette par deffus le gant, pour la main qui badine avec l'éventail; Collier de gaze pliffée & fraifée, rofette ronde aux fouliers : tels font les autres attributs de cet habillement champêtre.

Cinquieme Figure.

FIGURE de caractere, repréfentant une Marchande de mode, qui porte de la marchandife en ville.

Une vafte therefe de taffetas noir, avec bords relevés, garnis de gaze, lui couvre la tête & dérobe une partie de fes charmes aux regards avides des paffans ; mais fon mantelet eft ajufté de maniere à ne rien laiffer échapper de l'élégance de fa taille.

Elle eft vêtue d'une robe unie, garnie de pareille étoffe, en plis ronds, ainfi que le volant, & retrouffée par derriere, avec un ruban en forme de polonaife.

Mitaines de foie à jour, laiffant appercevoir le bracelet ; éventail à papier vert ; contentement fur le fein : rien ne manque à la petite oye.

Sixieme Figure.

AUTRE Figure de caractere, ou coftume d'une Gouvernante d'enfant, chez les perfonnes de qualité. Caraco de taffetas des Indes, avec jupon pareil, le tout garni en plis ronds de même étoffe ; manches à fabots, ayant une tête de gaze femblable aux petites manchettes ou Bons-hommes.

Grand tablier de mouffeline, avec fa poche garnie & la bavette bufquée en demi-cercle, fuivant le coftume des foubrettes.

Coëffure en racine droite, avec quatre boucles ; bonnet en pouf à papillon pliffé en gouleau ; ruban formant le turban, pincé au bec, par un balai noir, furmonté de deux bandes bouillonnées.

La pofition de cette gouvernante empêche de voir fa fine jambe ; blancheur de lys eft fur fon fein, mouchoir frifé le couvre ; mais s'il ne s'en trouve que pour Lubin.

VIII.ᵉ CAHIER

Seconde Suite.   Premierre Figure.

GRANDE Robe à la Françaife, au corps fermé. Cette robe pliffée par derriere, comme toutes les autres robes à la Françaife, n'a aucuns plis par devant : elle eft décolletée & bufquée comme un fourreau, & le corps paraît en quelque forte ifolé au centre d'une vafte & riche draperie : elle exige une taille élégante. Ce n'eft qu'à la brillante jeuneffe qu'elle peut convenir.

Le parement eft de blonde, à plis droits, & garni tout autour d'une petite blonde froncée ; les plis du parement font coupés en travers par deux barrieres de huit bouillons à tête perdue, fous deux bandes de blonde froncées, dont l'extrémité inférieure laiffe tomber obliquement

un

un ruban à bouillon, retenu par des glands; le haut du parement eſt terminé par un troiſieme bouillon de ruban, qui marque la taille & en fait ſentir la legéreté; deux bandes droites & froncées, font toute la garniture du corſage, buſqué en pointe; entre les glands du parement ſont placés des bouquets de fleurs, deux ſur le devant & trois ſur le derriere.

Falbala très-haut, à plis droits, coupé par deux barrieres, ſemblables à celles du parement, poſées en croiſſant & venant ſe réunir par une de leurs extrémités au centre du volant, ſous un bouquet de fleurs qu'un gland flottant tient en arrêt.

La tête du falbala, munie d'une bande froncée, d'où ſort une guirlande en ruban bouillonné, décrivant dans ſa courſe un demi-ovale, brochant ſur la barriere gauche, & dominé par la barriere droite : une bande froncée, eſt placée au-deſſous des barrieres, & forme encadrement avec la précédente.

Manchettes à trois rangs, garnies de leurs nœuds & protégées par les manchettes de la robe, à tête garnie d'une barriere pareille à celle du parement; autour de la gorge, une collerette ou médicis de blonde noire, plus haute ſur le derriere que ſur le devant.

Collier de perles, mis en riviere, attaché par deux glands d'or, repoſant ſur le parfait-contentement.

Friſure à la phiſionomie élevée & à tempérament, ou à la coque ouverte & ſaillante, avec quatre boucles détachées; le confident abbatu devant l'oreille, ornée de boucles en perles; la coque ou phiſionomie careſſée par un rang de perles mis en bandeau.

Bonnet à la victoire; c'eſt un pouf très-élégant, ceint d'une double branche de laurier, & ombragé par un panache à trois plumes d'autruches de couleurs aſſorties : un large nœud de gaze, avec deux flammes froncées & flottantes, occupe le derriere de la tête; chignon bombé, ſoutenu par un ruban uni.

Cet habillement, non moins noble qu'agréable, s'accorde parfaitement avec les étoffes les plus précieuſes, & paſſe pour la plus grande robe, la robe parée des Dames Françaiſes.

B

DESCRIPTION
Seconde Figure.

DE toutes les beautés qui ornent le ferrail du Grand-Seigneur, il n'en eft point qui égalent celles qui viennent de Circaffie. On ferait tenté de croire que dans cette heureufe contrée, la nature prend plaifir à ne former les femmes, que d'après les modeles les plus agréables & les plus parfaits ; leur habillement répond à leurs charmes ; & fi les Graces n'étaient pas nues, elles n'auraient point adopté d'autre habit. Mais il n'eft pas donné à toutes les femmes d'en faire ufage : une taille légere & prefque aërienne, doit feule afpirer à cet avantage.

Cet habillement eft connu fous le nom de robe à la Circaffienne, ou fimplement de Circaffienne : il eft compofé d'une foubrevefte à longues manches fort étroites, d'une robe ou manteau retrouffé par-devant, fur les côtés & par derriere ; les manches très-courtes, coupées en bouche de canon, d'où femblent fortir les manches de la foubrevefte ; une jupe à la mufulmane, dont la ceinture va fe perdre fous la foubrevefte, & retenue des deux côtés au-deffus de la cheville du pied, eft la derniere piece qui entre dans la compofition des Circaffiennes. Les fourrures les plus belles & les plus précieufes, ont le privilege exclufif d'en former les garnitures.

La Circaffienne, en venant à Paris, s'eft un peu francifée : la jupe en mufulmane ou vafte-caleçon, n'a point été adoptée ; le privilege des fourrures a été modéré, la foubrevefte a pris des manchettes ; les draperies n'ont été relevées qu'à deux tems : mais malgré ces changemens, elle n'a prefque rien perdu de fes graces & de fa légereté.

La Circaffienne que la figure repréfente, eft vue par derriere ; l'étoffe eft de fatin lilas, avec une large bande de blonde chenillée pour garniture ; cette bande eft barrée dans fon centre par un ruban tigré, uni & circulant dans tout le pourtour de la circaffienne, retrouffée avec des nœuds & des glands ; le Graveur l'a retrouffée fort bas, pour mieux en faire fentir les contours ; mais dans la regle, elle doit être relevée haute, & de maniere à laiffer voir une partie de la jupe.

La quarrure eft deffinée par trois gances d'or, dont celles des côtés font ornées de glands à leur extrémité fupérieure ; les manches très-courtes, munies d'une bordure mife en barriere, pareille à la garniture ;

les manches de la foubrevefte, fatin gros jaune, garnies de bons-hommes ou petites manchettes à deux rangs.

Jupe de fatin pareil à la foubrevefte ; volant peu élevé, coupé aux deux tiers de fa hauteur, par un ruban femblable à celui de la garniture.

La Coëffure à volonté ; celle de la figure eft compofée d'un chapeau à parafol ; les bords de blonde noire, avec un turban de gaze à bouillons ; pour gance un ruban tigré, dont les extrémités s'échappent du côté gauche, après avoir fixé un bouquet de fleurs ; la forme du chapeau eft ombragée par un panache avec aigrette.

Chignon noué en lacs-d'amour, couronné par une rofette de ruban tigré, d'où fortent deux boucles en cœur, le tout furmonté d'une toque ou groffe touffe de cheveux en rouleau.

Troifieme Figure.

BOURGEOISE fe promenant avec fa Fille ; elle eft vêtue d'une petite robe unie, relevée fur les côtés dans des gances ou écuyers. Garniture en pouf à deux rangs ; volant fort haut, à plis droits, timbré en chef d'une bande à double pouf, femblable à la garniture de la robe.

Mantelet de taffetas noir, garni en gaze noire, échrancré des deux côtés, pour découvrir des manchettes de dentelle à trois rangs, ornées de leurs nœuds de manche.

Frifure en racine droite, peu élevée, avec le confident près l'oreille, & le houffoir dans l'ouverture de la coque. Moyen bonnet, foutenu par trois boucles obliques, avec un ruban mis en bandeau ; une barriere de perles, régnant au-deffous du papillon ; les barbes flottantes par derrière.

La petite fille eft vêtue d'un fourreau de burat, garni de rubans avec un demi-tablier de gaze rayée, & garni dans fon pourtour, ainfi que les poches & la bavette ; chapeau de paille, avec des rubans fur le derriere de la tête, & la canne au poing.

Quatrieme Figure.

DAME jeune & potelée, allant prendre le frais le matin : elle eft vêtue d'une Polonaife à queue épanouie ou à croupe arrondie, les ailes très-étendues, le tout garni d'une large bande de linon froncé. Ces polonaifes, beaucoup plus amples que les autres, conviennent parfaitement aux perfonnes que la nature a gratifiées d'une bonne rotondité ou dont la maternité commence à fe manifefter.

Bonnet rond à large fond, environné d'un ruban à double tour, formant, fur le haut de la tête, une cocarde dominée par fes deux extrémités découpées en crête de coq ; par deffus le tout, un fichu mis en marmotte.

Mantelet blanc, très-ample, deffinant parfaitement les contours gracieux d'un corps fouple & cartilagineux ; large volant couvrant la moitié de la jupe, la tête canellée & formant de gros fufeaux.

Rofettes circulaires, fur des fouliers qui emboëtent entiérement le pied, & dont la hauteur du quartier femble annoncer que la belle a voulu prévenir les faux pas.

Cinquieme Figure.

CUISINIERE nouvellement arrivée de Province, & qui commence à prendre le ton élégant de Paris.

Elle eft vêtue d'un cafaquin en jufte, dont les manches relevées en pagodes, avec un ruban, font garnies d'une bande froncée.

Sa coëffure eft une Baftienne, ou bonnet rond à barbes ; une jupe fans garniture, un tablier de toile, font encore des reftes de la fimplicité de fon état ; mais déja le fichu de mouffeline eft garni & décolleté, le chignon parait accompagné d'une boucle fur le doigt, avec un petit favori devant l'oreille, infenfiblement la coqueterie va s'étendre de la tête aux pieds.

Sixieme Figure.

LE Caraco n'eft autre chofe qu'une robe à la Françaife, ou robe ouverte dont on a fupprimé le bas pour ne conferver que le corps ou partie fupérieure : fa commodité lui a donné le plus grand crédit ; mais malgré les efforts de fes protectrices, qui avaient tenté de le produire en public & d'en faire un habillement négligé, il s'eft vu forcé de refter dans la claffe des déshabillés.

Depuis fon origine, le Caraco a fubi diverfes réformes, ou plutôt il s'eft introduit diverfes efpeces de caracos, dont nous aurons occafion de donner la defcription.

Celui que préfente la figure, eft un caraco à la Françaife, vu par derriere ; les plis du dos ou de la quarrure, font les mêmes qu'aux

robes

robes Françaifes ; ce vêtement ne fut d'abord garni que par-devant, & autour de la gorge ; mais peu-à-peu la garniture s'eſt étendue dans tout ſon pourtour. On porta les premiers caracos très-longs ; ils ont perdu, depuis pluſieurs années, cette forme antique, & doivent finir à l'ouverture des poches du jupon ; cette ouverture a pris auſſi une garniture : quant aux manches, après avoir été terminées par des manchettes découpées, on les a miſes en ſabots, avec de petits bons-hommes, & tel eſt leur forme actuelle.

La Figure offre une femme d'un certain ton, en caraco de taffetas à poches, garni de gaze bouillonnée en pouf ; la tête du volant timbré d'une bande pareille à celle de la garniture.

Bonnet à fichu friſé, avec barbes étroites & tombantes, ſoutenu par quatre boucles ; le chignon natté & relevé par une roſette miſe en poſtillon.

Canne d'ébéne, très-haute, à tête d'ivoire, garni d'un ruban à roſette pour cordon ; petit chien ſous le bras, ayant le toupet relevé avec une bouffette faveur roſe, ſuivant le coſtume de cette eſpece.

IX.e CAHIER.

Troiſieme Suite.   *Premiere Figure.*

GRANDE Robe à corps ouvert, & garnie d'un moyen parement : elle eſt de taffetas roſe ; le parement de gaze ſans plis, encadré dans une bande étroite de gaze froncée, eſt coupé obliquement par des rubans en turban & des guirlandes de fleurs, formant angle avec le turban ; chaque angle cantonné de deux roſettes de ruban.

Le falbala ou volant, poſé en draperie, a cinq chutes ; celle du milieu caractériſée par deux roſettes de ruban, retenant une guirlande de fleurs qui environnent le haut du falbala ; la partie inférieure timbrée d'une bande de gaze froncée.

Au-deſſus du falbala, à peu de diſtance, une bande, pareille au parement, eſt miſe en barriere & acheve de completter la garniture.

Le parement n'eſt point arrêté à la taille, comme dans les robes à corps fermé ; il s'éleve en diminuant vers la gorge, qu'il environne

C

& va fe réunir par derriere fur le haut de la quarrure ; c'eft ce qu'on verrait, fans le mantelet de taffetas, garni de blonde, qui couvre les épaules de la figure : ce mantelet, attaché fous le contentement, eft très-court, pour ne pas couvrir les manchettes à trois rangs ; les garnitures, & le cordon de montre orné de glands en paillettes.

Frifure à quatre boucles, avec la coque en cœur ouvert, protégé par un bandeau d'amour pincé des deux côtés de la coque, & dont les extrémités, traverfant les deux boucles fupérieures, vont flotter par derriere au gré des vents.

Aigrette noire fur le côté gauche, arrêtée par un rang de perles mis en barriere : des fleurs détachées forment une feconde barriere, le tout pour orner un bonnet en pouf.

La feconde figure repréfente un jeune Abbé coquet, au toupet circulaire, avec deux boucles droites croifant fur deux boucles tournantes : une large calote ou maroquine, envahit le refte de la tête.

Son manteau de taffetas noir, eft très-étroit & laiffe à découvert la foutanelle fans poches ni boutons.

Manchettes de batifte, rabat fort court, boucles de fouliers très-grandes, chapeau brifé pour mettre fous le bras, ou pour tenir à la main & fervir de contenance ou de maintien.

Seconde Figure.

PETITE ROBE de taffetas des Indes rayé, garnie en pouf de gaze rayée ; manches en pagodes, avec des bons-hommes : volant très-haut, timbré en chef d'une garniture pareille à celle de la robe, & dominé par une autre bande mife en barriere.

Mantelet de taffetas noir, dont les extrémités de la capuce viennent fe perdre fous le contentement ; on les appelle mantelets à couliffes ; ils font maintenant les feuls en honneur, excepté parmi les dévotes, & certaines femmes que l'âge ou d'autres raifons obligent de paraître le fein à couvert.

Coëffure à quatre boucles, la quatrieme tombant fur l'épaule, accompagnée de fon confident ; bonnet à barbes retrouffées par derriere, & froncées à leur extrémité ; ruban en barriere, fortant du milieu du papillon.

Chauffure à grand talon, avec des boucles quarrées, fuivant la mode du jour.

Cette Élegante vient d'ôter un de fes gants, & d'une main qu'elle pofe fur fon fein, elle jure à fon amant, fur ce qu'elle a de plus cher, d'être toujours tendre, toujours fidelle : tiendra-t-elle fa promeffe? Eh qu'importe! la rofe ne dure qu'un matin; il y aurait peut-être de l'injuftice à exiger que fes fermens euffent la même durée.

Troifieme Figure.

CARACO A LA POLONAISE; il faut être bien faite pour s'en fervir : on peut lui ajoûter une capuce; mais alors s'il éclipfe les irrégularités des épaules, il perd auffi cette légéreté, qui fait fon principal mérite.

Celui de la Figure eft de taffetas bleu-célefte, négligemment attaché au-deffous du fein, par une rofette fervant de contentement, & arrêtant les deux extrémités d'un fichu de gaze très-légere; la garniture eft compofée d'une bande de gaze à plis ronds.

Le volant eft peu élevé, & a pour tête une bande femblable à la garniture du caraco; fabots étroits, auffi garni en gaze.

Baigneufe à double papillon, à gros plis ronds, avec une bande pliffée par derriere, & retenue par un large ruban bouillonné; les bouillons entrelacés de fleurs; les deux papillons font écartés de maniere à laiffer entr'eux, une touffe de cheveux en coque renverfée; une groffe boucle négligée accompagne le bas du vifage.

Cette belle, à demi-étendue fur un fopha, attend l'inftant de la toilette ou d'un rendez-vous; elle badine avec fon chien : le petit animal, non moins friant que foumis, fait divers tours de paffe-paffe, pour fatisfaire fa maîtreffe, & obtenir une gimblette qu'elle lui préfente; déja elle s'eft amufée à lui attacher un collier rofe, compofé de faveurs bouillonnées; peut-être a-t-il reçu fon premier baifer : l'objet préfent eft prefque toujours affuré d'une préférence.

Quatrieme Figure.

JEUNE Elégant, en frac à petites mouches, avec un collet coupé & à boutonnieres; les manches en fourreau, avec des boutonnieres en cœur.

Vefte blanche , bordée de bandes de perfe, les poches auffi bordées de perfe; culotte pareille à la vefte , avec des jarretieres femblales aux bordures ; deux cordons de montre, cheveux & or , flottans fur chaque cuiffe ; l'un fert à la montre, l'autre eft deftiné pour le portrait de fa maitreffe , foit qu'il en ait ou qu'il n'en ait pas.

L'habit eft agraffé au-deffous du col , & laiffe en liberté une partie du jabot.

Groffe boucle à la Bourdeloife , chapeau à la Suiffe , & queue à l'Anglaife.

Chauffure à la d'Artois , canne au poing avec fon cordon & fes glands , moitié or , moitié cheveux.

Cinquieme Figure.

Le Mantelet eft une efpece de petit manteau ou draperie légere , deftinée à couvrir le haut du corps ; il eft exclu de la grande parure , & toutefois il a pris tant de faveur, qu'on s'eft accoutumé à le regarder comme une partie effentielle de l'habillement des Dames.

Le taffetas en été , le fatin en hiver , font les deux étoffes principales qu'on employe pour les mantelets : on a porté des mantelets de dentelle noire , mais ils font tombés en difcrédit ; on les a relégués en province : les mantelets de dentelle blanche, & de mouffeline des Indes unies ou brodées, & doublées de rofe, ont pareillement été en vogue ; ils font même encore en honneur, mais ils ne s'accordent pas avec tous les habillemens, ainfi qu'on aura occafion de le remarquer par la fuite.

Les mantelets , dans leur origine , furent très-imparfaits ; on croyait avoir fait merveille en joignant par derriere deux morceaux de taffetas qu'on allongeait par devant , pour former ce qu'on appelle les pointes ou les flammes ; on les porta fort courts & fans capuchon : vinrent enfuite les mantelets très-amples ; cette mode paffa : ils furent retrouffés fur le bras , d'autres les échancrerent dans cette partie ; une petite capuce, attachée à un collet arrêté , parut au commencement très-agréable , & les Dames s'enveloppant la tête dans leur capuchon, croyaient être admirables ; les grandes coëffures étant furvenues , il a fallu rechercher d'autres expédiens ; la capuce a été rejettée fur les épaules ; elle eft

devenue

devenue un fimple ornement ; on lui a fubftitué les thérefes, les caleches : on trouva également que les collets montés ne convenaient qu'à des précieufes ; on fit des collets à couliffes : & les capuces, obligées de fe conformer à cette mode, devinrent d'une grandeur démefurée, fans être plus utiles : enfin, l'introduction des polonaifes apporta les mantelets à flammes effilées & à flammes évafées ; c'eft la derniere révolution arrivée à cette partie de l'ajuftement des Dames Françaifes.

La Figure offre une jeune Bourgeoife, fe promenant par ordre du Médecin ; elle eft vêtue d'une polonaife du matin, ou demi-polonaife, compofée de deux ailes & d'une queue, garnie en gaze, à larges bandes & à plis ronds, ayant une tête.

Le haut du corps eft entiérement éclipfé par un mantelet de taffetas, garni de gaze ; ce mantelet eft à couliffe & à flammes effilées, defcendant jufques fur les genoux.

Volant très-haut, avec une bande en chef, pareille à la garniture de la demi-polonaife, arrêtée des deux côtés, & fervant de champ à un rouleau de gaze noué en bouillons, avec des rofettes ; chaque bouillon captivé par une faveur, fe perdant autour du rouleau.

Coëffure en racine droite, la coque ou phifionomie élevée en cœur ; de chaque côté, quatre boucles en-dedans ; point de favori.

Bonnet à l'Amériquaine, avec une guirlande de rofe, à droite ; & à gauche, un turban pincé dans le milieu par une fleur, & un bouquet à l'extrémité. Papillon à plis ronds, barbes garnies & bouillonnées à leur extrémité.

Bague au doigt, canne au poing, éventail & bracelets, cordon de cheveux fur le côté, Rofette à fix feuilles fur les fouliers ; rien n'a été omis quoique le Docteur ait confeillé de fe promener en robe négligée & fans prétention, pour diffiper les vapeurs.

Sixieme Figure.

POLONAISE AUX AILES. Ces polonaifes comportent les étoffes les plus fortes, telles que la patifoie, la moëre & autres femblables garnitures ; mais elles demandent les plus légeres : la queue retrouffée avec des rubans à rofettes, ou des cordons à glands, doit être plus courte que les deux ailes, & très-bouffante. **D**

Celle de la Figure est de moëre unie, garnie de gaze, en plis ronds, pincés en tuyaux à têtes ouvertes : les manches perdues sous des sabots, garnis de même, avec une barriere au-dessus, ornée de gaze.

Volant très-haut, muni d'une tête en tuyaux, & d'une bande bouillonnée à son extrémité inférieure ; le haut de la jupe, décoré de deux cordons en cheveux, paillettes & or ; l'un indique la montre, l'autre un miroir.

Coëffure au chien-couchant, avec une boucle à jour, tombant sur l'épaule, & les nageoires couvrant les oreilles : la coque ou phisionomie saillante, & soutenue par un ruban arrêté avec des perles ; le ruban s'unissant par derriere, avec un second ruban, aussi attaché avec des perles & terminé par des glands.

Bonnet au carrefour, composé d'un papillon en esplanade, où viennent aboutir des bandes de gaze ; chignon flottant, aigrette en héron, accompagnée d'une plume flottante sur l'ouverture de la coque ou tempérament, un rang de perles serpentant au-dessus du papillon.

Le collier ou fichu est composé d'une bouffante de filet gauffré & noué en rosette sur le devant, allant se perdre sous un bouquet de rose : ce bouquet remplace le parfait contentement.

Chaussures uniformes avec la polonaise ; grandes boucles à la d'Artois; canne d'ébéne, à tête d'yvoire, tournée en visse d'Archimède.

X.ᵉ C A H I E R.

Quatrieme Suite.   *Premiere Figure.*

JOLIE Femme en Circassienne, vue par-devant; le corps est décoré de chaque côté, par trois brandebourgs en or, avec leurs glands en paillettes ; la robe de gaze est relevée avec des bouquets de fleurs retenues par des glands ; garniture de gaze en tuyaux.

La jupe de gaze semblable à la robe, sert de voile à une autre jupe de couleur différente ; la soubreveste terminée en pointe, doit être de couleur pareille à la jupe voilée ; les manches de la robe,

très-courtes, ornées de leur bordure, attachée par des glands, &
livrant paſſage aux manches de la ſoubreveſte, garnies de manchettes
de blonde, à deux rangs.

Le volant eſt peu élevé, & coëffé d'un ruban à gros bouillons, mis
en guirlande ſoutenue par des roſes en tige ; le bas du volant environné
d'un autre ruban pareil au premier, mais ſans être bouillonné.

Ces robes, pour ainſi dire, aériennes, ne peuvent paraître que dans
les grandes chaleurs de l'été ; elles ne ſupportent ni mantelet, ni fichu,
ni bouffante, & exigent que le ſein ſoit vu dans toute ſa beauté ;
quelques élégantes ont hazardé de prendre pour collier, un cordon
or & cheveux, avec deux glands paſſés l'un dans l'autre, & venant
ſe réunir entre les brandebourgs.

Chapeau à la coquille, ou le char de Vénus ; les bords ſont environnés
d'un ruban pareil à la robe pour la couleur ; le côté gauche, appanagé
de deux roſes avec tige & boutons : du côté droit, s'échappent en ſerpentant
deux petites branches de roſes ; le tout eſt couronné par un panache
à trois feuilles, accompagné de deux plumes badines, & ſurmonté
d'une aigrette à trois fléches. Ce chapeau, auſſi noble que gracieux,
marche de pair avec le chapeau ou pouf à la victoire.

Friſure à la phiſionomie, ouverte ou à tempérament ; trois boucles
de chaque côté, la troiſieme tombante & accompagnant un chignon
bas & natté, avec les nageoires couvrant les oreilles.

Souliers uniformes avec la robe, bordés & garnis de la couleur
de la ſoubreveſte.

Seconde Figure.

L'ÉLÉGANCE de certains peignoirs a fait mettre ce meuble de
toilette au rang des deshabillés du matin : on a vu des peignoirs de
mouſſeline des Indes, brodés, garnis d'une riche dentelle, diſputer pour
le prix & les graces, avec les deshabillés les plus galans.

Cet ajuſtement comporte encore une plus grande aiſance, une plus
grande liberté que tous les autres deshabillés, & s'accorde parfaitement
avec un air de déſordre répandu dans tout l'enſemble de celles qui en
font uſage : on dirait qu'il eſt ſans prétention, & toutefois il eſt ſouvent
l'attribut de la coquetterie la mieux combinée.

La Figure repréfente une jeune Dame en peignoir à grand collet & à manches fermées, avec une garniture de mouffeline des Indes froncée ; la garniture du collet à fimple bande relevée.

La jupe, non garnie, n'a de remarquable que la maniere dont elle eft relevée : un pied mignon, une jambe jolie, font rarement d'accord avec de longs jupons.

Si cette jeune Dame eft curieufe de fes pieds, il paraît que fes oreilles n'ont pas le même avantage ; elles font perdues fous de vaftes nageoires, qui accompagnent une frifure au chien couchant, fuivie de deux boucles.

Elle eft coëffée d'un bonnet négligé, ou moyen bonnet à gorge noire ; papillon rond à rouleaux, avec un bouillon de blonde noire environnant le bonnet, & relevant par derriere ; ruban roulé fur une barriere de blonde au-deffus du papillon ; barbes retrouffées à la payfanne.

Cette belle, peu fenfible aux careffes de fon perroquet, eft uniquement occupée à parcourir le recueil des coftumes ; inquiéte de favoir quel ajuftement elle adoptera pour le refte de la journée.

Troifieme Figure.

LES NATURALISTES, & avec eux l'expérience, nous apprennent que le mêlange des efpeces différentes ne produit que des monftres : il n'en eft pas de même dans le regne coftumier, ou empire des Modes. L'alliance des ajuftemens de différens genres, de diverfes efpeces, fait fouvent éclore des productions très-agréables : c'eft ce qui eft arrivé au mêlange qu'on s'eft avifé de faire de la polonaife avec la circaffienne ; il en eft refulté une robe très-gracieufe, ainfi qu'on peut le voir dans la gravure.

Les ailes & la queue font d'une polonaife, le corps & les manches font à la circaffienne, avec des glands qui retiennent les manches de la robe, & laiffent à découvert de fecondes manches ornées de manchettes à deux rangs en filet ; la garniture eft en gaze pliffée & coupée dans fon centre, par un large ruban fans plis ni bouillons ; le volant pareil à la garniture, eft timbré en chef d'un femblable ruban.

Une bande de blonde noire, environne la gorge, & fert à faire remarquer fes mouvemens, fa blancheur ; un cordon à glands, tient lieu de collier, & retombe négligemment au-deffous du fein ; mains potelées, bras mignons, ornés avec des bracelets à quatre rangs de perles.

Moyen

Moyen bonnet, à barbes plates, retrouſſées à la payſanne, & encadrées dans de la faveur, avec des barrieres pareilles; au-deſſus du papillon, rouleau de gaze, attaché avec des fleurs de jaſmin, & formant des bouillons croiſés par des faveurs de couleurs diverſes & miſes en loſange.

Ce bonnet, doit être très-élevé, & ſe place en arriere, pour laiſſer en liberté une friſure au chien couchant, avec la phiſionomie très-haute; les nageoires très-petites, & le chignon fort bas.

Quatrieme Figure.

QUOIQUE l'Habillement des hommes ſoit moins varié que celui des Dames, cependant les petits-maîtres ſont parvenus à répandre une grande diverſité, ſoit dans les étoffes, ſoit dans les garnitures ou aſſortimens; les habits négligés ont ſur-tout éprouvé les révolutions les plus étranges, les plus multipliés : nous aurons occaſion d'en donner par la ſuite une deſcription très-circonſtanciée.

Pour le moment, il s'agit d'un demi-beverlet, avec collet coupé. Ce mot coupé, en terme de coſtumier, lorſqu'on parle d'étoffe, ſignifie de couleur différente; manches étroites à petits paremens boutonnés par deſſous; doublure du beverlet, pareille en couleur à la veſte & à la culotte; jarretieres d'or, boucles quarrées à la d'Artois.

Chapeau à poil, les deux audaces relevées ſur les côtés; une gance d'or environne la forme & revient par devant; groſſe boucle ſur le doigt, à la Marſeilloiſe.

Cinquieme Figure.

SANS s'étendre ici ſur l'origine & l'antiquité des toilettes, on croit devoir ſe borner à remarquer, qu'une toilette eſt maintenant un meuble indiſpenſable pour toute perſonne du ſexe, belle ou non; ſoit qu'elle ait des prétentions, ſoit qu'elles ſoient paſſées.

Il y a des toilettes fermées, il y en a de dreſſées; ces dernieres ſont les plus agréables, les plus nobles; les autres exigent moins d'appareil.

La Gravure offre une jeune Dame devant une toilette de la derniere eſpece : elle a profitée d'un moment d'abſence de ſa femme de chambre, pour écrire un billet qu'elle ploye en poulet; il eſt deſtiné à rompre un rendez-vous, en ayant formé un ſecond plus agréable que le premier.

Elle eſt en peignoir à grandes manches ouvertes, laiſſant appercevoir

E

les bons-hommes qui garniffent les manches à pagodes de fon manteau de lit ; une bande de mouffeline très-fine, fert de garniture au peignoir, & s'étend dans tout fon pourtour ; la frifure eft imparfaite.

Sixieme Figure.

Espece de Caraco à la Polonaife, fermé entiérement fur le devant, & très-peu décolleté, ou Caraco à la dévote.

Une bande de gaze froncée ferme la garniture; le volant très-haut, à deux têtes ; fabots très-amples, garnis à leurs deux extrémités d'une bande étroite & froncée ; fichu de gaze rayée, attaché dans le caraco ; point de contentement, mais fur le fein repofe un cœur qu'un collier ou gance y fixe.

Bonnet à la pouponne, en filet orné de liferés tigrés, mis en barriere ; aigrette en houffoir, occupant le centre de la coque ; les barbes retrouffées par derriere ; deux boucles à jour, avec leur confident ; le large bonnet pofé très-haut, & fort en arriere.

Des bracelets à portraits, retenus par un ruban noir, ornent les bras de cette jeune ingénue ; elle vient de recevoir une rofe & un bouton ; elle badine avec cette fleur délicate : puiffe-t-elle n'apprendre que fort tard, qu'il n'eft point de rofe fans épines !

XI.e CAHIER.

Cinquieme Suite. Premiere Figure.

COUTURIERE élégante, allant livrer fon ouvrage ; on l'attend, elle précipite fa marche ; & pour ne pas trop s'échauffer, ou par coqueterie, elle s'eft dégagée de fon mantelet à deux flammes éfilées, & l'a fufpendu à fon bras.

Sa robe eft de taffetas des Indes, faite en gorgerette, garnie de linon à mouches, & relevée dans les poches ; volant tout autour de la jupe ; le tablier de taffetas verd pomme ; fabots garnis à trois rangs, envahiffant les manches.

Elle eft coëffée d'un moyen bonnet à la crête de coq, avec barbes flottantes fur un chignon à la Suiffe, efcorté de trois boucles; le houffoir noir, fortant du tempérament ou centre de la coque.

Un fichu de gaze eft noué à l'entour de fon col, & vient fe confondre fous le contentement.

Cette Couturiere tient fous fon bras gauche un panier à trois rangs; une de fes apprentiffes l'accompagne, & porte le furplus de l'habillement.

Seconde Figure.

La peliffe eft une efpece de manteau d'hiver, que les Dames jettent fur leurs épaules pour fe garantir des rigueurs de la faifon. Il y en a de deux efpeces, les unies & les fourrées. Les premieres, font le partage de la menue bourgeoifie: les fecondes, plus qualifiées, font fufceptibles des couleurs les plus brillantes & des fourrures les plus précieufes. Parmi ces dernieres, les unes ne font que bordées, ou pour fe fervir des vrais termes, n'ont qu'un cordon; le corps eft garni d'une ouate légere. Les autres, outre le cordon, ont une fourrure pour doublure. Mais leur poids & leur trop grande chaleur les rendent fouvent incommodes. Le cordon regne tout-au-tour. Il environne enfuite la capuce, & finit par deffiner les poches, ou ouvertures pratiquées pour paffer les bras.

Le gros jaune, le bleu, le rofe, le cerife, & dans les derniers tems, le blanc ont été les couleurs favorites des peliffes. Quant aux fourrures, elles varient à l'infini. La martre produit un-très bel effet fur le gros jaune; elle s'accorde auffi avec le cerife, & les fourrures blanches coupent très-agréablement les couleurs rofes, les couleurs bleues & les blanches. Ce font ces dernieres, qui, depuis quelques revers, ont obtenu la préférence.

Les peliffes furent d'abord affez courtes, & de même que les mantelets, on les fit à collet arrêté; elles ont pris depuis les collets à couliffes, font devenues très-amples & fort longues; on les releve fur le bras de chaque côté en draperie, ou bien l'on paffe fimplement le bras dans les ouvertures pratiquées de chaque côté. La premiere maniere eft plus agréable, plus galante.

La figure repréfente une bourgeoife en peliffe fourrée, fort ample;

le collet en couliffe, laiffant le fein très-découvert, & venant s'attacher fous le contentement ; fes mains gantées s'échappent de l'ouverture de la peliffe, & vont fe réunir dans un manchon à tambour, pareil à la fourrure de la peliffe.

Elle eft vêtue d'une petite robe de fatin, garnie de pareille étoffe bouillonnée ; les côtés de la robe, un peu relevés de chaque côté dans des rubans. La garniture du volant confifte dans une bande d'étoffe bouillonnée, qui lui fert de tête, avec une feconde bande au-deffus, en barriere & bouillonnée.

Bonnet ou fichu rabattu, parfemé de pompons, avec un ruban dont les extrémités retombent fur le chignon. Frifure en racine droite, à côté de trois boucles obliques, affez mal contournées, & qui annoncent que cette bourgeoife s'eft elle-même coëffée.

Troifieme Figure.

LE coftume qu'offre cette Gravure, refpire un ton de volupté dont il eft difficile de fe défendre ; auffi eft-il choifi de ces beautés que Salomon appelle des carquois propres à recevoir toutes fortes de fléches.

'Ce coftume eft compofé de quatre pieces principales, dont voici le fignalement.

1.' Sur une frifure en chien couchant, avec deux boucles à jour tombantes, eft placé un chapeau à la Henri IV, orné de tous fes appanages ; la forme, les bords, & le panache font de couleur noire.

2.° Caraco d'Été très-court, laiffant entièrement le fein en liberté ; le caraco eft garni de gaze à larges rayes en travers.

3.° Jupe éclipfée dans les deux tiers de fa hauteur par un volant de mouffeline des Indes, à larges rayes, femblables à la garniture.

C'eft aux caracos que les jupes font redevables d'être environnées de vaftes volans dans tout leur pourtour ; elles n'avaient autrefois que des demi-volans, ou falbala par devant : il fût même un tems, qu'on ne portait fous les robes qu'une fauffe jupe, appellée par cette raifon, un tablier, ou une trompette.

Le premier volant ne fut qu'une bande affez étroite attachée au bas du jupon par fes deux extrémités. On ne le captiva par la

fuite

fuite que dans fon extrémité fupérieure, & long-tems il refta dans cet état de modeftie ; mais les caracos ayant perdu de leur longueur, on s'avifa de remplir le vuide qu'ils laiffoient fur la jupe, en donnant plus d'élévation aux volans. La mode des polonaifes, ou robes retrouffées, acheva d'étendre l'empire des volans : de garniture qu'ils étoient, ils devinrent partie effentielle de l'habillement, & reçurent eux-mêmes, les garnitures les plus agréables & les plus variées.

C'eft auffi aux caracos & aux polonaifes, que l'on doit l'ufage des tabliers; ils rempliffent ordinairement tout l'efpace qui fe trouve depuis la taille jufqu'au volant; quelquefois, comme dans la Gravure, ils couvrent entierement le devant de la jupe. Les premiers font garnis dans leur pourtour, les autres n'ont point de garnitures, lorfque la jupe en eft munie. Mouffeline des Indes, linon & filet, uni ou brodé, telles font les étoffes qui ont le privilege exclufif de les compofer.

4.° Le mantelet femble, au premier afpeɛt, dérober une partie des graces de cet élégant coftume; mais l'effet ne répond point à la caufe. Cette partie du vêtement, à l'égard du refte de la parure, peut être comparée à l'ombre dans un tableau : ce qui produit l'illufion, eft fort éloigné de la détruire.

C'eft donc avec raifon, que cette Belle s'eft enveloppée d'un vafte mantelet à couliffe & à flammes évafées; avec lui, elle n'a point à craindre que le fein le plus beau refte inconnu; les flammes évafées font même très-favorables aux tailles potelées, qui ont befoin d'être éclipfées fous une vafte, mais légere draperie.

Quatrieme Figure.

LE caraco à la polonaife fe diftingue par-devant, parce qu'il n'a aucuns plis, & que fes deux extrémités font arrondies : tel eft celui que préfente la Figure.

Il eft garni de gaze à bouquets, & à bandes en travers; les bandes fervant d'encadrement : le volant eft pareil à cette garniture. Sa tête eft timbrée d'un rouleau de gaze, foutenu par des rubans en rofette, avec un autre ruban ferpentant autour du rouleau.

Les manches font terminées par des fabots très-élevés, garnis à deux rangs de tuyaux.

F

Pour collier, une bouffante de filet gaufré, retenue par une agrafe d'or ; les deux extrémités de la bouffante defcendent fur le fein, dont elles partagent les deux hémifpheres, avant que de fe perdre fous le contentement.

Chapeau à l'Egyptienne, ou pouf au mouchoir bouillonné ; les bords de blonde noire, furmontés d'un ruban pareil à la couleur du caraco : une plume flottante, fortant du pouf ; une aigrette à double héron, s'échappant du côté gauche. Frifure au chien couchant, avec deux groffes boucles à jour, dont la feconde vient fe repofer fur l'épaule.

Souliers à quartiers éfilés, avec rofettes quarrées ; canne d'ébéne à parafol, pour mettre le teint à l'abri des rayons du Soleil.

Cinquieme Figure.

POLONAISE coupée : ces robes font faites comme les polonaifes ordinaires ; elles ne différent que dans la jupe, qui doit être fans volant, fans garniture ; mais un vafte tablier lui fert de voile & l'éclipfe entierement par-devant : un large falbala ou demi-volant, fait l'ornement de ce tablier, dont la tête va fe cacher fous les ailes de la polonoife.

ꞏ Dans la Gravure, la polonoife eft garnie de gaze des Indes à bouquets : le tablier eft de même étoffe ; & du haut de la ceinture, s'échappent deux gances en cheveux & or, avec leurs breloques, ou appanages.

Une conti, efpece de petit mantelet très-court, enveloppe les épaules, fans s'étendre, jufque fur le fein ; la bouffante de filet gaufré eft mife en étole ; un ruban à fimple nœud, tient lieu de contentement ; le collier eft de perle à deux rangs, le fecond rang formant l'efclavage.

Bonnet demi-négligé, dit au lever de la Reine, avec le houffoir noir à gauche ; papillon à gouleau, garni d'une bande frifée à deux côtés, & un rouleau par-deffus. Le tout terminé par un fichu mis en pouf, dont les deux extrémités fervent de barbes.

Frifure au chien couchant, avec la phifionomie à tempérament, & deux boucles très-groffes, flottantes fur le premier rang du collier : le favori laiffant voir les oreilles.

Sixieme Figure.

Habit de bal. Le corsage & la jupe de même étoffe & couleur. Cette jupe est retrouffée avec des glands fur les côtés, un peu en arriere, & fur le devant inégalement vers les poches : elle laiffe, par ce moyen, à découvert, une feconde jupe de couleur différente, garnie d'un volant de gaze rayée, timbré en chef d'une guirlande de fleurs, foutenue par des barrieres en fleurs & paillettes. Petit'tablier de gaze pareille au volant, garni tout à l'entour. Le corps muni d'une bavette arrondie par le haut, deffinant des contours gracieux. Manches à grands fabots de gaze, garnis en pouf, avec perles, fleurs & paillettes.

Coëffure au toupet naiffant, careffé par une guirlande de perles allant de droite à gauche, & fe perdant fous une guirlande de fleurs, formant le triangle, environnée d'un ruban en bandelette.

Panache à plufieurs feuilles élevées & branlantes, fous une aigrette à trois fléches droites. Chignon natté, accompagné de quatre boucles à l'Angloife, de chaque côté; le favori rabattu fur le devant de l'oreille, un rang de perles pour collier. Nœud à double rofette fur l'épaule, & bouquet du côté gauche. Le Graveur l'a placé du côté droit, pour ne pas mafquer la Figure.

Souliers à talons bas, le coup-de-pied dégagé, brodés en paillettes. Rofettes rondes, laiffant à découvert une large paillette en abyfme.

XII.e CAHIER.

Sixieme Suite. Premiere Figure.

LES momens confacrés à la toilette, font regardés comme des momens de défœuvrement. C'eft ordinairement le tems que les Dames choififfent pour jetter un coup d'œil rapide fur ces brochures paffageres, enfans du loifir, du caprice, ou du befoin.

La mode de remplir, par des lectures, les entr'actes ou intervalles de la toilette, s'introduifit d'abord chez les Dames de qualité. Elle acquit même très-rapidement une faveur exceffive. Les Colporteurs, ou Libraires à manteau devinrent des hommes utiles, & les brochures les plus superficielles, purent se vanter de jouir au moins de quelques minutes d'existence.

Tout-à-coup cette mode éprouva une révolution assez singuliere : les ouvrages frivoles furent mis à l'écart. Une jolie femme aurait cru faire tort à ses charmes, si elle n'avoit pas lu quelque traité sur les sciences & les arts ; la Physique, sur-tout, la Chymie & l'Histoire naturelle eurent la plus grande vogue. A cette mode du bel esprit succéda la mode raisonneuse : on ne parlait que de morale, que de métaphysique. La pauvre raison humaine se vit traduite au Tribunal du beau sexe, & le flambeau philosophique éclaira la toilette des Dames. Sa lumiere monotome étoit peu propre à faire briller les graces ; on prétendit même que, dans les mains du dix-huitieme siécle, ce flambeau n'étoit qu'un phosphore dangereux. Il se perpétua chez quelques prudes ; mais chez les autres femmes, le Dieu de la légéreté, avec un des grélots de la Folie, se fit un plaisir de l'éteindre. Depuis cette époque, les feuilles périodiques ont partagé, avec les brochures d'agrément, les momens perdus de la toilette des Dames.

Les petites-maîtresses bourgeoises, grandes imitatrices, se font avisées d'adopter la mode des brochures à toilette. Cette mode est même devenue si générale, si universelle, qu'une femme, ne sçut-elle pas lire, doit toujours avoir sa toilette garnie de brochures, sauf à faire faire la lecture par les adorateurs ou les complaisans qui peuvent survenir.

Ce ne seroit peut-être pas trop s'éloigner de la vérité, que de ranger dans cette derniere classe, la bourgeoise que répréfente cette Gravure. A l'indifférence qu'elle affiche, ou le livre qu'elle tient n'est entre ses mains que pour la forme, ou ce qu'il renferme n'inspire que l'ennui, que le sommeil.

Quoi qu'il en soit, cette petite bourgeoise paroît avoir assez de coqueterie pour se servir d'un peignoir à coulisse, qu'elle releve sur les bras, en forme de pélisse, ou mantelet à flammes évasées ; sa jupe, aussi relevée avec art, est d'étoffe unie, avec un volant à simple tête & à plis ronds. Sa coëffure est un peigné en racine droite, la pointe recourbée, avec quatre boucles de chaque côté.

Quant

Quant au coëffeur, il eft repréfenté dans le coftume de fon état. Toupet en grecque perdue, deux boucles fur le doigt, la queue en catogan ; le refte de l'accoûtrement, fe devine aifément.

Il tient une houppe de cygne, remplie de poudre rouffe, qu'il fecoue fur la tête de cette petite maîtreffe bourgeoife ; afin que, de brune que l'a faite la nature, elle paraiffe à l'uniffon des blondes, conformément au coftume reçu.

Seconde Figure.

La Figure précédente nous a préfenté la toilette de la tête ; celle-ci offre la toilette de l'extrémité oppofée. Mieux vaut tard que jamais ; c'eft un ancien proverbe, dont cette femme diftraite, fait un très-bon ufage ; mais il eft toutefois plus agréable de ne point avoir de diftraction, & de s'occuper de chaque chofe dans fon tems.

Sa robe n'a de remarquable que la garniture, formée par une large bande de gaze froncée & bouillonnée, dont le centre eft mafqué par un ruban bouillonné, attaché avec des nœuds en fleurs.

Les manches de la robe font perdues fous des fabots très-haut, à bandes froncées, & pareillement mafquées dans leur centre, par un ruban bouillonné ; la jupe eft ornée d'un grand volant, chargé en chef d'un ruban femblable à celui de la garniture.

Coëffure en hériffon tronqué, accompagné de deux boucles couchées fous un bouquet de fleurs, femblables à celles qui retiennent le ruban de la garniture ; le houffoir fur le devant de la coque : bonnet à la colline ; la gaze du bonnet pliffée à gouleau, ainfi que le papillon ; deux barbes de gaze d'Italie, flottantes par derriere ; deux liferés mis en barrieres, figurant des fentiers, pour defcendre du haut de la colline.

La femme-de-chambre eft en caraco de burat uni, garni de pareille étoffe ; tablier de toile blanche, fort ample ; moyen bonnet, avec une boucle fur l'oreille ; ruban en turban, arrêté par une épingle en perle ; les barbes bouillonnées.

Troifieme Figure.

Petite robe ouverte & décolletée, laiffant à découvert le compere, couronné par un parfait contentement ; garniture pareille à l'étoffe de la robe, en bandes bouillonnées ; volant peu élevé, avec une tête

G

arrêtée en bouillons ; fichu de gaze & détaché, afin de laisser prendre le frais aux deux enfans d'amour.

Coëffure négligée, au chien couchant, à deux boucles ; le houssoir dans la coque ; bonnet en pouf, de gaze d'Italie ; papillon uni, séparé par une guirlande de fleurs. Un large ruban en rosette, avec ses deux flammes flottantes, occupe le derriere de la coëffure.

L'autre Figure représente un jeune homme en Beverlet, à collet coupé ; le fond de l'étoffe jaunâtre, avec de larges mouches noires & blanches ; veste à bavaroises ouvertes, laissant à découvert le haut du jabot ; culotte à pont, étoffe pareille à la veste ; un cordon sur chaque cuisse.

Chapeau à la Jacquet, velu par dehors, entouré d'une gance d'or, revenant sur le devant, & terminée par une olive : deux boucles sur le doigt, à la Clairval.

Ce jeune homme tient sur son bras le mantelet à flammes évasées de son aimable compagne, & badine avec son éventail à papier Chinois ; sur l'autre bras on apperçoit l'extrémité d'une canne ou jet à pomme d'or de Manheim, avec un cordon de cheveux, terminé par des houppes. Chaussure à la d'Artois, avec de larges boucles quarrées, couvrant entiérement le coup-de-pied.

Quatrieme Figure.

Le costume de ce qu'on appelle un Abbé, a singuliérement changé depuis le commencement du dix-huitieme siécle ; il ne faut pas toute fois s'étonner de ce changement, & s'imaginer que les jeunes Abbés de nos jours, soient différens de ceux des tems passés ; il serait aisé de démontrer, que leur costume a subi dans chaque siécle diverses modifications ; que dans tous les tems, ces innovations ont excité de vives réclamations, & qu'au fond, la différence du costume, ne rend les hommes ni meilleurs, ni plus dangereux.

Mais cette discussion n'est point de notre sujet, & nous conduirait trop loin ; il s'agit uniquement de crayonner le costume d'un abbé galant & poëte, lisant avec enthousiasme une piéce de vers qu'il a composée.

Sa soutanelle à manches fort étroites, est agrafée sous un très-petit rabat : fa vefte ouverte par le haut, laiffe appercevoir que les abbés fe font avifés d'avoir des chemifes à jabot ; quant aux manchettes, leur adoption eft un peu plus ancienne ; elles ont fuccédé aux petites bandes de linon bleuâtre, connues fous le nom d'amadis, & qui fe plaçaient à l'extrémité des manches.

Je ne parle point de la bague que ce petit abbé poupin porte à l'index ; il eft vrai qu'il a pris fantaifie à quelques petits Abbés de porter la bague à ce doigt, pour la diftinguer de l'anneau paftoral, & indiquer, qu'ils n'avaient ni évêché ni abbaye ; mais cette mode ayant eu peu de crédit, il eft inutile de s'en occuper plus longtems.

La coëffure de ce jeune poëte, eft une demi-grecque, avec deux boucles circulaires, le favori rabattu devant l'oreille ; il a le derrière de la tête, appanagé d'une calotte luifante & bombée, dite calotte au reverbere ; elle eft d'une très-belle écaille noire, ou au moins de coco ; les calottes de bafane, celles même de maroquin, ne font prefque plus de mife, que parmi le très-bas clergé, ou dans la Province.

Cinquieme Figure.

JEAN - JACQUES ROUSSEAU, citoyen de Geneve, après avoir fortement déclamé contre l'ufage d'emmailloter les enfans, & contre la maniere de les vêtir, eut enfin la fatisfaction de faire des profélytes : on éleva, on habilla des enfans, fuivant la méthode qu'il avoit indiquée ; mais la fimplicité qu'il avait tenté d'introduire dans l'habillement des hommes & des femmes, n'eut pas le même fuccès. Ce ne fut qu'en 1778, quelque tems avant la mort de ce Philofophe célébre, qu'on hazarda de faire des robes analogues aux principes de cet Auteur, & ce fut fur les polonaifes qu'on fit cet effai ; elles font connues fous le nom de polonaifes à la Jean - Jacques : celle que la Figure repréfente eft de ce nombre.

Étoffe de burat pour garniture, une bande fans plis, d'étoffe pareille, mife en barriere, les manches retrouffées à la payfanne, fans garniture, laiffant à découvert des petits bons-hommes de linon ; le volant de la jupe, auffi d'étoffe pareille & fans plis.

Ces polonaifes, de même que les polonaifes courantes ou en frac, s'agrafent fous le contentement, ont des petites ailes, & s'écartant fur les côtés, découvrent la petite vefte découpée par le bas, & fans garniture.

Il ne faudroit pas, avec ces robes, adopter une coëffure trop élégante: celle de la Figure eft compofée d'un moyen bonnet, avec des barbes à la payfanne, de gaze d'Italie, pofé fort en arriere ; la coque haute & dégagée, deux boucles tombant très-bas, & fur le bonnet, large ruban uni, mais pincé.

Une bouffante de filet gaufré environne le col, & fe trouve retenue fur le devant, par une alliance d'or.

La chauffure doit-être fort fimple, & uniforme avec le refte de l'ajuftement.

Sixieme Figure.

Il eft dit ou bas de cette Gravure, que le caraco tire fon origine de Nantes en Bretagne, où les bourgeoifes le porterent lors du paffage de M. le Duc d'Aiguillon, en 1768. Cet expofé n'eft pas exaĉt : le caraco eft plus ancien; mais ce fut feulement en 1768, que les dames fe montrerent en public, vêtues en caraco, & cette mode eut fur-tout la plus grande faveur parmi les dames de Nantes, où elle s'eft confervée plufieurs années.

D'ailleurs, le caraco qu'offre la Gravure, n'eft pas celui qui parut en 1768 ; c'eft un caraco à la polonaife, & fon introduĉtion ne remonte pas au-delà de 1772. L'exaĉtitude fcrupuleufe qu'exige tout ce qui concerne les modes, n'a pas permis de paffer fous filence ces deux erreurs échappées lors de l'impreffion de la Gravure.

Les caracos à la polonaife, ainfi qu'on l'a remarqué, n'ont aucun plis par-derriere, & par-devant leurs extrémités font arrondies; celui de la Gravure eft décolleté, ou en gorgerette, & entiérement agrafé fur le devant, à la différence des caracos à la polonaife négligée, qui ne s'agrafent qu'au milieu de la taille, ou feulement fous le contentement.

La garniture eft formée par une bande de gaze foncée ; le volant de gaze pareille, timbré en chef d'une garniture à double pouf, auffi de gaze ; fabots à deux têtes, bouillonnés & très-haut ; la pointe de la petite vefte defcendant fort bas.

Moyen

Moyen bonnet à la créole ; le papillon eft uni, de gaze d'Italie, doublé & pliffé fur les côtés, furmonté d'un ruban bouillonné, & mis en bandeau, de couleur pareille au contentement ; un fichu, dont les deux extrémités, rejettées par derriere, tiennent lieu de barbes, enveloppe le refte du bonnet.

Frifure au chien couchant, à deux boucles, dont une flottante avec les nageoires ; la phifionomie élevée : le houffoir fortant du tempérament.

Il ne faut pas ometre la canne à la Tronchin ; car c'eft ainfi qu'on nomme ces bâtons élevés, qui depuis 1770, ont pris tant de faveur parmi les perfonnes du beau fexe. La canne eft toutefois incompatible avec la grande parure, & caraéterife toujours un demi-négligé.

XIII.ᵉ CAHIER.

Premiere Figure.

Circassienne agrafée par-devant jufqu'au bas de la taille, avec les ailes éployées ; le corfage de ces robes doit être très-délié, & en forme de gorgerette ; celle dont il s'agit eft d'étoffe unie, garnie en bande bouillonnée, chaque bouillon retenu par un rang de perles en coque ; la bande bouillonnée eft accompagnée, de chaque côté, d'une petite bande pliffée en tuyaux, & de couleur différente.

Ces robes ne fe retrouffent point fur le devant ; leurs ailes fe relevent feulement par-derriere, comme les polonaifes, avec glands ou rofettes entrelacées de perles : fabots très-amples, retenus à leurs extrémités par deux barrieres de perles, & garnis d'une petite bande pareille à celle de la robe.

Volant de moyenne hauteur, ayant pour chef une garniture femblable à celle de la circaffienne, & au-deffus du volant, une bande pareille aux autres petites bandes, avec un cordon de perles dans le centre.

Collier de perles ; contentement uniforme à la robe, placé fur une garniture, qui defcend droit fur le milieu de la taille, après avoir

H

parcouru le tour de la gorgerette chargée aussi dans son centre d'un rang de perles en coques.

Frisure en racine droite , ou hérisson tronqué , avec trois boucles sur l'oreille : chignon dégagé ; pouf de gaze d'Italie , ayant pour papillon une barriere de coque de perles , soutenant un ruban semblable aux petites garnitures de la robe ; avec un bouquet à gauche.

Seconde Figure.

ROBE A LA VERSAILLOISE : c'est à Versailles que ces Robes ont paru pour la premiere fois. Le nom du lieu qui les a vu naître, est devenu leur propre nom : elles font aussi commodes qu'agréables, & réunissent l'élégance à la simplicité ; le devant est à-peu-près le même que celui des polonaises ; mais le derriere est découpé par le bas en draperie à trois chûtes, orné d'un falbala très-haut , avec une tête de couleur différente.

Les côtés de la taille font enrichis de deux nœuds de ruban en cocarde , d'où s'échappent des glands & des perles en cordon ; les chûtes des draperies doivent être indiquées, par des rosettes ou par des glands.

La jupe très-plissée par-derriere , ne comporte des garnitures que par-devant. Les sabots éclipsent presque entiérement les manches, leur extrémité inférieure forme des petites manchettes ou bonshommes ; la tête des sabots doit-être pareille à celle du falbala, & s'enrichit avec plusieurs rangs de perles.

Frisure en racine droite ; deux boucles sur l'oreille : le chignon dégagé, retenu par un nœud de ruban , mis en postillon ; chapeau à la rose , composé d'un papillon simple à plis ronds , formant le bord ; un cordon de perles , entrelassé dans des bouquets , sert de gance à la forme du chapeau relevé par-derriere.

Troisieme Figure.

ROBE A LA REINE : cette robe a le double avantage de pouvoir être traînante ou retroussée , à la volonté des personnes qui en font usage, & au moment qu'elles le désirent ; deux coulisses pratiquées des deux côtés, indiquées par deux rosettes, & garnies de deux glands, opérent cet effet ; en tirant un gland, la robe se lève, comme elle est dans la Figure; en tirant l'autre gland, elle fe baiffe & devient flottante; ce changement fe fait en un inftant.

La garniture nommée au nouveau défiré, parce qu'elle a été imaginée pendant la groffeffe d'une augufte Princeffe, confifte dans deux cordons d'hermine mouchetée, fe croifant en forme de mofaïque. On peut, en été, remplacer l'hermine par des bandes de gaze auffi mouchetées, ou de taffetas tigré.

Les premieres manches font ouvertes par-derriere, comme les dalmatiques; elles flottent fur les fecondes manches, coupées en canon & garnies d'un cordon de martre, pour l'hiver, ou de gaze bouillonnée, fi c'eft en été.

La jupe, fans volant ni falbala, doit être jufqu'à la hauteur ordinaire du volant, de couleur pareille aux fecondes manches; le furplus doit être uniforme avec la robe: le point qui réunit ces deux parties de la jupe, fert de fupport à un cordon pareil à celui des fecondes manches: une garniture femblable à celle de la robe, environne le bas de la jupe.

La taille par-derriere eft indiquée par des gances d'or, avec un gland au centre. Les manchettes font rondes, couronnées d'un rang de perles, & accompagnées d'un poignet bouffant.

Coëffure à la Dauphine: deux boucles de côté, deux boucles à crochet, figurant la queue du dauphin; cette frifure eft foutenue par un ruban pincé, mis en barriere, retenant une rofe de diamants, & traverfé par un rang de perles: le chignon en croix de chevalier, d'où s'échappe une boucle à la Sultanne, qui defcend jufque fur la gorge, où elle expire.

Quatrieme Figure.

ROBE A L'ANGLAISE: les véritables robes à l'Anglaife, ont par derriere de petits plis plats, arrêtés à la taille, & defcendent à peine jufqu'à terre: c'eft ainfi que les portent les dames en Angleterre; mais en France, on a fupprimé les petits plis de ces robes, on a donné plus de largeur à leur queue; elles ont pris fur le devant une forme plus gracieufe, & feraient mieux nommées des robes à jufte taille, que des robes à l'Anglaife.

C'eft une de ces robes réformées, qu'offre la Gravure : la garniture en bande de gaze de fantaifie, à plis ronds, fert de tête à une guirlande de fleurs, munies de leurs tiges & de leurs feuilles : les ouvertures des poches & les fabots ont une garniture pareille.

Jupe à grand volant, ayant pour tête une bande uniforme avec la garniture de la robe ; une feconde bande, femblable à la précédente, eft placée au-deffus du volant.

Cordon de montre à glands, pofé du côté gauche ; contentement couvrant le haut du compere, & réuniffant les deux côtés de la robe.

Coëffure à la mignarde : coque élevée & faillante ; chignon natté ; deux boucles droites : le tout furmonté d'un pouf de gaze d'Italie, à double papillon, environné d'une guirlande de fleurs, femblable à celle de la garniture.

Rofettes aux fouliers, bracelets, collier, éventail : tout indique une coquette qui n'a rien négligé pour completer fa parure & la rendre agréable, elle profite d'un moment qu'elle fe trouve feule, pour confidérer fi un air négligé ne ferait pas préférable à une forme trop réguliere.

Cinquieme Figure.

CIRCASSIENNE EN AMADIS, & très-élégante : le corfage eft fermé avec une garniture tout autour, plus haute par derriere que par devant, & formant un collet ou médicis rabattu.

Les premieres manches retrouffées fort haut avec un gland, laiffent entrevoir leur doublure d'une couleur différente : les amadis, ou fecondes manches, font garnies en chevron, avec manchettes de dentelles pareilles aux manchettes d'homme : trois glands flottent devant le fein, au-deffous d'un tour de gorge de filet brodé, pareil aux manchettes.

Garniture de la robe très-large, & coupée par deux rubans unis & d'une autre couleur ; le derriere de la robe fe retrouffe comme les polonaifes, excepté que la queue doit fe trouver d'égale hauteur avec les ailes fort étendues.

Volant de la jupe très-élevé, orné aux deux extrémités d'un ruban femblable à celui de la garniture, & deffous le tout, une vafte bouffante très-bombée.

Jolie coëffure à l'afiatique, compofée d'un chien couchant, avec fa boucle fur l'oreille, & une autre boucle tombante ; un double cordon de perles, terminé par des glands, mis en barriere, vient fe réunir à une rofette de ruban, femblable à celui de la garniture, & foutient une aigrette en héron. Sur le fommet de la tête, eft pofé un pouf au fichu, captivé par un fecond cordon de perles : le chignon dégagé, laiffe fon extrémité retomber fous la pointe du fichu, & voltiger en forme de banderole.

Sixieme Figure.

Robe a la Piémontaise : ces robes ont des plis par-derriere, comme les robes à la Françaife ; mais ces plis s'appliquent après coup, comme un bas de robe, & forment une efpece de manteau, qui s'agraffe par-derriere, au haut du collet ; on laiffe flotter ce manteau : quelquefois les Dames s'en enveloppent le corps, ou le relevent fous le bras avec beaucoup de graces.

Coëffure à la Syrienne : c'eft un hériffon familier, careffé par un ruban, qui forme alliance avec une barriere de perles ; du centre de leur union, s'éleve une houppe noire, en forme d'aigrette, foutenue par une agraffe de diamans : les deux extrémités du ruban, après avoir deffiné par-derriere des lacs-d'amour, s'échappent des deux côtés en forme de bandelettes, traverfent la feconde boucle, & viennent fe repofer fur un fein plus blanc que l'albâtre, & qu'un fichu de gaze dérobe aux regards trop curieux.

XIV.ᶜ CAHIER.

Ce Cahier, quoique le quatorzieme dans l'ordre des numéros, doit être placé le premier de ce volume : il fuffit de jetter les yeux fur ce qu'il renferme, pour reconnaître à quel titre il exige cette préférence ; c'eft tout ce qu'on fe permettra de dire à ce fujet : on renverra même, pour toute explication, aux notices inférées au bas de chaque planche, parce qu'elles contiennent des détails fuffifans, pour défigner le coftume repréfenté par chaque Gravure.

I

X V.ᵉ C A H I E R

Premiere Figure.

CE n'eſt pas aſſez que de préſenter l'extérieur des coſtumes, il importe de faire connaître les pieces intérieures : ſouvent ce ſont elles qui forment tout le preſtige des modes ; & plus elles ſont cachées, plus il eſt intéreſſant de les découvrir : c'eſt ce qu'on a tâché de faire dans cette Gravure.

Elle offre une jeune perſonne, eſſayant un corps piqué, ou corps de baleine : on a beaucoup déclamé, dans ces derniers tems, contre cette partie interne de l'habillement des Dames. Quelques Médecins ont prétendu qu'elle était funeſte, ſur-tout dans la jeuneſſe ; d'autres ont voulu en établir l'uſage pour les vieillards; mais, malgré toutes ces déclamations, les Dames ont continué de porter des corps, & il n'eſt pas arrivé qu'elles ſoient devenues plus infirmes, ni moins bien faites. L'expérience démontre, au contraire, qu'un corps bien proportionné Éſt preſque toujours utile ; ſon imperfeƈtion ſeule peut le rendre dangereux.

Les corps ſont de diverſes eſpèces ; les uns ont des épaulettes droites, comme celui que préſente la Figure ; les autres ont des épaulettes rabattues : ceux-ci ne ſervent que pour les habits de Cour, & ſe lacent toujours par-derriere ; il y a auſſi des corps ſans épaulettes : ces derniers ſont fort en uſage en Angleterre ; ils ſe lacent indifféremment, par - devant, ou par - derriere, ou par les côtés, comme les premiers.

Les deux côtés & le derriere du corps, ſont compoſés de pluſieurs toiles piquées enſemble, avec des baleines. Sur le devant, ſont deux couliſſes, pour faire paſſer deux autres lames de baleine : on les nomme des buſques.

Le corſet eſt auſſi un ajuſtement intérieur ; il remplace le corps, & ſert aux mêmes uſages; mais il eſt plus fléxible : les deux buſques ſont les ſeules baleines dont il ſoit garni.

Le corps qu'offre la Gravure, eft un corps à la Françaife, lacé par-derriere, avec des aiguillettes des deux côtés, pour foutenir les jupes, & un petit lacet par-devant, pour donner à la poitrine le développement néceffaire à la refpiration.

Cet ajuftement fe place immédiatement fur la chemife, & c'eft à lui feul que les femmes font redevables de leur forme arrondie par le haut, pointue par le bas; forme finguliere, & qui toutefois, avant le mariage, pourrait être regardé comme un des attributs diftinctifs de l'honneur.

Seconde Figure.

COSTUME À LA JEANNE D'ARC. Il ferait fouvent affez difficile de juftifier les dénominations données à certains coftumes, & dans ce nombre, on peut ranger le coftume dont il s'agit. Jeanne d'Arc, plus connue fous le nom de Pucelle d'Orléans, portait un habit d'homme, qui confiftait alors dans une tunique, ou robe fort courte, ornée de fa capuce; des brayes ou trouffes; des fouliers à aiguillettes; les cheveux coupés en rond, au-deffus de l'oreille : coftume qui n'a certainement aucun rapport avec celui de la Figure.

Quoi qu'il en foit, cette Figure eft vêtue d'une robe, dite à l'Auftrafienne; c'eft une efpece de polonaife très-ouverte par-devant, & qui fe rejette entierement en arriere, où elle fe releve très-haut; fous cette robe, eft une vefte à la peruvienne, furmontée d'un contentement pareil aux nœuds qui font fur les fabots. La garniture ferpente tout à l'entour du col, en forme de demi-Médicis : le tout eft coupé par un ruban mis en écharpe; volant très-ample, garni à fes extrémités de deux rubans unis, pareils à l'écharpe.

Moyen bonnet à la crête, ornée de fleurs, fervant de couronnement à une frifure en racine droite, & au tempérament; au-deffus, un houffoir, & le favori rabattu devant l'oreille.

Troifieme Figure.

COSTUME À LA HENRI IV. La France, à l'avénement de LOUIS XVI, efpéra qu'elle allait jouir d'un regne heureux; le peuple fe livra aux tranfports de la joie la plus vive, la plus pure; il crut ne pouvoir mieux manifefter fon amour & fon efpoir, qu'en s'écriant que le bon

Roi Henri lui était rendu. Le jeune Monarque femblait, en effet, dans toutes fes démarches, s'être propofé ce Prince pour modele; il ne manquait plus à la reffemblance, que de reprendre jufqu'au coftume de ce Roi, qui, fuivant l'expreffion du plus beau Génie de notre fiécle, fut des Français & le vainqueur & le pere.

C'eft ce qui infpira au fieur Sarafin, l'idée de rétablir ce coftume, tel que le préfente la Gravure; il eft compofé d'un pourpoint fans bafques, fermé & tailladé; les bandes brodées en chaînettes; les chauffes retrouffées avec bandes & crevaffes, garnies de bouffettes à leurs deux extrémités; les bandes brodées, comme celles du pourpoint; manches du pourpoint, terminées en fourreau; le bracelet retenant les manchettes; bas de foie allant fe perdre fous les bouffettes, & arrêtés aux genoux avec des jarretieres à rofettes; fouliers à talon rouge, attachés avec une rofette ornée d'un diamant, ou large paillette, en abyfme.

Cape ou manteau, agraffé fous le col, décrivant une ovale dans fa chûte, & defcendant jufqu'au jarret, doublé & bordé d'hermine mouchetée, ouvert du côté droit, retrouffé avec des glands fur le bras gauche; fraife de dentelle à trois rangs, pareille aux manchettes; toque ornée de fon panache; épée à large garde, à l'antique; frifure fimple, à deux boucles; les cheveux de derriere treffés avec des rubans de diverfes couleurs. Ce vêtement pourrait devenir l'habit de cérémonie de quelques grands Officiers, dont le rang femble exiger un coftume plus riche, plus noble, plus diftingué que celui dont ils fe fervent à préfent.

Quatrieme Figure.

CARACO pliffé, ou caraco français, vu par derriere, garni en falbala, avec une tête en pouf; le volant auffi furmonté d'une tête pareille. Les fabots évafés par le milieu, refferrés à leurs extrémités, garnis de deux bandes en pouf; chapeau à l'Italienne, dérobant prefque entierement le haut du vifage; deux boucles obliques; le chignon natté & relevé avec une rofette placée en poftillon; fouliers uniformes à la couleur du caraco, attachés avec des rofettes.

Cinquieme Figure.

POLONAISE négligée: ces robes s'agraffent fimplement fur le fein,
comme

comme les polonaifes courantes, ne font point retenues à la taille, ont des ailes longues & la queue fort courte.

La polonaife repréfentée dans la Gravure, eft garnie d'une large bande à plis ronds, avec un ruban étroit & moucheté, placé dans le centre; le volant très-ample, à deux têtes féparées par un ruban à mouches; la premiere tête à plis ronds, la feconde en pouf. Sur les épaules, un fichu à la Genlis, attaché par-devant, fous un contentement de gaze, dit la comete à deux queues.

Bonnet anglais, en tuyaux d'orgue, pofé fort en arriere; papillon à quatres ailes, retenues par un ruban bouillonné & furmonté d'un fecond ruban mis en turban, avec des barbes à la payfanne; frifure négligée, la phifionomie élevée & dégagée, deux boucles de côté, le favori devant l'oreille.

Sixieme Figure.

ROBE FRANÇAISE, fur un petit panier, avec un parement en bande à plis ronds : les bords du parement garnis d'un agrément avec épis & juliennes, ou d'une petite dentelle ; fabots forts petits ; fichu garni tout autour, careffant entierement les épaules, & laiffant le fein prefqu'à découvert. Les deux côtés de la robe attachés très-près, fous le contentement, & très-écartés par le bas de la taille, pour ne pas éclipfer une petite vefte à la Péruvienne, qui tient lieu de compere; volant à fimple tête, avec garniture pareille à celle du parement.

Cette belle délaiffée a recours au flacon falutaire, que fon Médecin lui a remis, pour chaffer au loin les vapeurs.

XVI.e CAHIER.

Premiere Figure.

DEMI-PARURE, ou négligé d'hiver. Ce Coftume eft très-recherché des Dames, lorfque le matin elles font obligées de fortir, foit pour faire quelqu'emplette, foit pour quelqu'autre motif. Il confifte dans une peliffe jettée fans prétention fur un manteau-de-lit élégant.

K

La Figure repréfente une jeune Dame, vêtue d'un manteau-de-lit à longues manches de linon, doublé d'une étoffe gros jaune, avec jupe & volant pareil : fur le tout, une vafte pelille couleur rofe, avec cordon blanc, pofée négligemment, & non attachée. Son col eft orné d'un fichu noué en cravatte ; moyen bonnet à barbes retroullées par-derriere, & muni d'un ruban boiteux, c'eft-à-dire, de deux couleurs tranchantes : houlloir dans la coque ; petit baril à la main, pareil au cordon de la pelille ; chaulfure à l'Anglaife, maintien aifé, & fur-tout un air fans prétention, pour mieux en impofer au vulgaire.

Seconde Figure.

Camisole en amadis de moulleline des Indes, doublée d'étoffe couleur de rofe, avec jupon pareil & fort élevé ; pelille fourrée & à cordon, enveloppant le corps ; bonnet rond, retenu par un ferre-tête, ne laillant appercevoir qu'une boucle & la racine de la coque ou toupet ; fichu de filet, fouliers à rofette. Voila, en peu de mots, le coftume de cette Gravure, qui repréfente une jeune imprudente devenue mere. On dit imprudente, puifqu'elle lailfe à découvert un fein, qu'un bon fichu de moulleline devrait garantir des intempéries de l'air. Ce coftume peut-être mis au rang des négligés du matin : c'eft même le dernier degré du négligé, qu'une tête fans frifure.

Troifieme Figure.

Habit Grec, avec tous fes appanages. L'Empereur Charles-le-chauve, s'étant pris de belle paffion pour le coftume des Grecs, l'adopta & le fit adopter par l'Impératrice fon Epoufe, & par toute fa maifon. Il parut même dans une affemblée nationale ; ainfi que l'Impératrice, avec ce coftume nouveau : mais il eut le défagrément* d'entendre les Seigneurs Français murmurer contre cette innovation, & le Monarque fut obligé de l'abandonner.

Si le coftume Grec eut été alors auffi riche, auffi noble que celui repréfenté dans la Gravure, il étoit bien pardonnable à Charles-le-chauve d'avoir tenté de l'introduire dans fes Etats ; mais le contrafte entre ce nouveau coftume & celui ufité parmi les Français était trop grand pour qu'on pût efpérer fubitement une révolution. Les changemens qu'éprouvent les modes, s'operent d'une maniere prefqu'infenfible : ce n'eft que par degré, qu'on peut amener un peuple à renoncer entierement à son ancien costume, comme à ses vieux préjugés.

Quatrieme Figure.

LE PARLEMENT est une espece de fichu de taffetas, de satin ou de gaze, avec une capuce à coulisse. Cet ajustement a été fort à la mode. Il est tout-à-fait exclus de la grande parure ; aussi la Figure que représente la Gravure, n'est-elle vêtue que d'une petite robe françaife, avec un moyen panier, & garnie de gaze à mouches. Cette robe est vue par-derriere ; les plis sont arrêtés un peu au-dessous du collet ; anciennement ces plis étaient libres & ronds : un dos plat & uni a depuis paru plus agréable, & c'est la mode qui subsiste à présent.

Chignon noué par le bas, avec une demi-natte ; les deux extrémités formant deux grosses boucles ; frisure en racine droite, accompagnée de deux boucles à jour, & sur le tout un pouf à l'écrevisse.

Cinquieme Figure.

LA mode de porter un chien sous le bras a successivement été en vigueur, & décréditée : elle fut adoptée en France, même par les hommes, dans le seizieme siécle, pendant le regne d'Henri III.; & Brantome rapporte, que ce Prince fit cordon bleu un Seigneur de sa Cour, pour obtenir de lui, de petits chiens turcs, qui passaient pour les plus jolis de l'Europe. On mettait alors ces chiens dans de petites corbeilles, galamment ornées, & qu'on suspendait à son col, avec un cordon ou ruban. Ces corbeilles, lorsqu'on marchait, se plaçaient sur le côté gauche, & quand on était assis, elles se posaient sur les genoux. La mode de porter des chiens a repris faveur parmi les dames du dix-huitieme siécle ; mais les corbeilles à la Henri III. ont été supprimées, & les petits chiens caniches ont eu les honneurs de la préférence, ainsi qu'on peut le voir dans la Gravure.

Sixieme Figure.

CARACO A LA FRANÇAISE, vu de côté, avec la jupe pareille & par-dessous, une bouffante très-bombée : la garniture de gaze d'Italie ; les sabots très-amples & froncés à leurs extrémités : grand volant muni d'une large bande de gaze mise en pouf.

Bonnet à la nouvelle payſanne, laiſſant entierement à découvert la coque ou tempérament, d'où s'échappe une roſe arrêtée par un ruban, le favori couché devant l'oreille, & deux boucles tombantes.

Souliers uniformes avec le caraco ; grandes boucles quarrées diminuant le volume du pied ; talons déliés & toujours de couleur blanche ; toute autre couleur eſt peu agréable : & ſi pour les hommes, le talon rouge eſt une diſtinction d'étiquette, il eſt chez les femmes une affiche de publicité.

M...

Fin du premier Volume.

A P P R O B A T I O N.

J'AI examiné, par ordre de Monſeigneur le Garde des Sceaux, *La Galerie des Modes Françaiſes*, & les Explications qui la précédent ; je crois que cet Ouvrage peut être imprimé. A Paris, ce 25 Avril 1779.

R O B I N.

Le Privilege ſe trouve imprimé à la ſuite des Planches.

De l'Imprimerie de GRANGÉ, rue de la Parcheminerie.

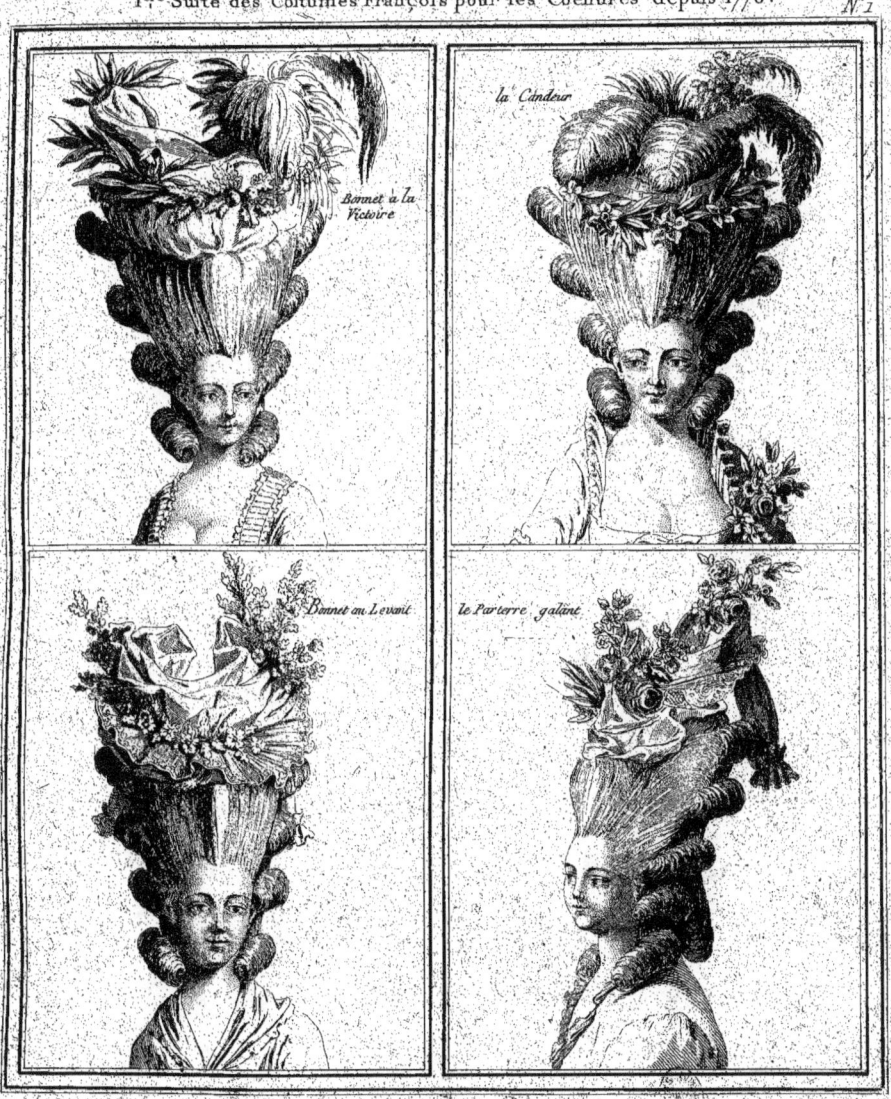

la Candeur

Bonnet à la
Victoire

Bonnet au Levant

le Parterre galant

Herisson à quatre boucles
doublées de chaque côté.

Herisson à 4 boucles
de chaque côté.

Coeffure ordinaire
à 6 boucles

Coeffure en crochets
surmontés de plumes
avec 5 boucles en échelle.

A Paris chez Esnauts et Rapilly, rue St. Jacques a la Ville de Coutances

Coeffure simple
à la mode

Bonnet à la
Marmotte

le Lever de
la Reine

la Gabrielle
de Vergie

A Paris chez Esnauts et Rapilly rue St. Jacques, à la Ville de Coutances

le Pouf du côté droit

le Pouf du côté gauche

Bonnet à la fusée

Casque à la Minerve
ou la Dragone

A Paris chez Esnauts et Rapilly rue St. Jacques à la Ville de Coutances

la Phrigienne.

la Daunienne.

la Cleopatre

l'Euridice

A Paris chez Esnauts et Rapilly rue St. Jacques à la Ville de Coutances

L'Hérisson

Coeffure moderne de fantaisie

Chapeau à l'Angloise

Chapeau à la Henri IV.

A Paris chez Esnauts et Rapilly rue S. Jacques, a la Ville de Coutances

Nouvelle Coeffure en plumes.

Coeffure de la Reine

Bonnet au fichu

Bonnet aux Aigrettes

Deſſiné d'après nature par les plus celebres Artiſtes en ce genre.

A Paris chez Esnaute et Rapilly rue S.ᵗ Jacques à la Ville de Coutances

Coeffure en rouleaux
avec une boucle

Coeffure en crochets avec
une echelle de boucles

Toque lisse avec trois
boucles

Chapeau Tigré

A Paris chez Esnauts et Rapilly rue St Jacques à la Ville de Coutances

Coiffure d'un nouveau genre.

Le Pouf avec quatre boucles à la Chancelière

Le Hérisson avec trois boucles détachées

Coiffure au Coticie surmontée d'un nouveau Pouf

A Paris, chez Esnauts et Rapilly rue S.t Jacques à la Ville de Coutances

Bonnet rond avec un
Serre-tête noué négli-
gemment

Bonnet rond avec un
mouchoir noué en mar-
motte et un ruban noué
en cocarde.

Cornette retroussée
à la laitiere

Baigneuse à la
frivolité.

A Paris chez Esnauts et Rapilly, rue St. Jacques, à la Ville de Coutances

Baigneuse

Bonnet d'un nou-
veau goût

Chapeau d'un nouveau
goût.

Bonnet au mystere
ou Chien Couchant.

A Paris chez Esnauts et Rapilly, rue St Jacques, a la Ville de Coutances.

Pouf d'un goût nouveau

La Corbeille

Le Croissant

Le bandeau d'Amour

A Paris chez Esnauts et Rapilly, rue St Jacques à la Ville de Coutances

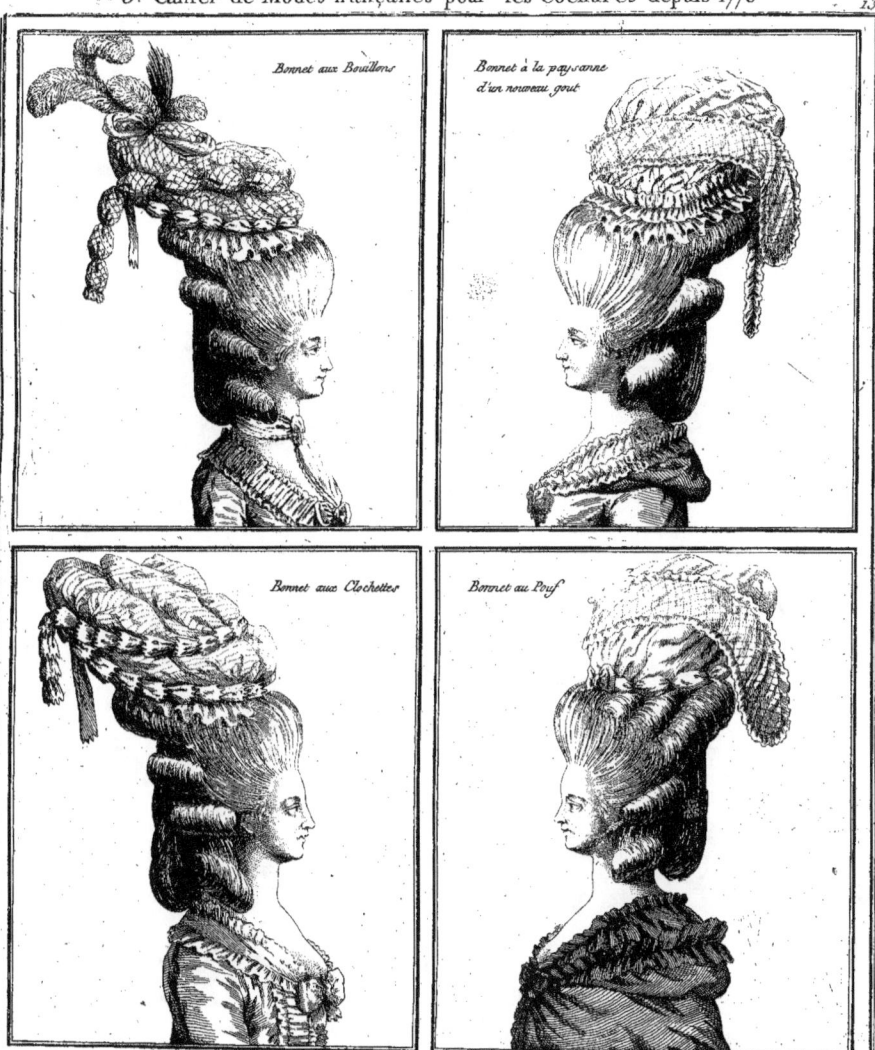

Bonnet aux Bouillons

Bonnet à la paysanne
d'un nouveau gout

Bonnet aux Clochettes

Bonnet au Pouf

A Paris chez Esnauts et Rapilly, rue S.ᵗ Jacques à la Ville de Coutances. Avec Priv. du Roi.

Bonnet d'un gout nouveau
vu par devant.

Pouf en fichus et bouillons.

Bonnet d'un gout nouveau
vu par derrière.

Coeffure au Que-sa-quo
vue par derrière.

A Paris chez Esnauts et Rapilly rue S. Jacques, a la Ville de Coutances.
A. P. D. R.

Coeffure Bourgeoise

Coeffure à la Colombe

Bonnet à la Polliéinette

Coeffure à la Raucour

A Paris chez Esnauts et Rapilly rue S. Jacques à la Ville de Coutances. A.P.D.R.

Bonnet au Fichu.

Bonnet à la Dormeuse

Bonnet à l'Herisson

Chien Couchant orné d'une
double Barriere.

A Paris chez Esnauts et Rapilly rue St Jacques à la Ville de Coutances. A.P.D.R.

la Caleche ordinaire

Hérisson couvert d'une
Caleche retroussée

la Therese

Espece de Pouf couvert
d'un voile de gaze trans-
parent.

A Paris chez Esnauts et Rapilly rue St Jacques à la Ville de Coutances.
A. P. D. R.

Bonnet au Becquet avec deux
barbes pendantes par derriere

Bonnet au becquet avec un fichu
par derriere à la marmote

Bonnet à la Voltaire

Bonnet à la laitiere

A Paris chez Esnauts et Rapilly, rue St. Jacques a la Ville de Coutances. A.P.D.R.

Chapeau demi-négligé, de gaze garni d'un bandeau de plume sur le devant

Coeffure à quatre boucles droites separées, surmontée d'un bouillon de gaze en pouf, avec un héron de plumes.

Coeffure à trois grandes boucles lâches, et la phisionomie saillante en coque, le pouf très bas et bordé sur le devant d'une guirlande de fleurs.

Bonnet ceint d'une guirlande d'armille

A Paris chez Esnauts et Rapilly rue S.ᵗ Jacques a la Ville de Coutances. Avec Priv. du Roi.

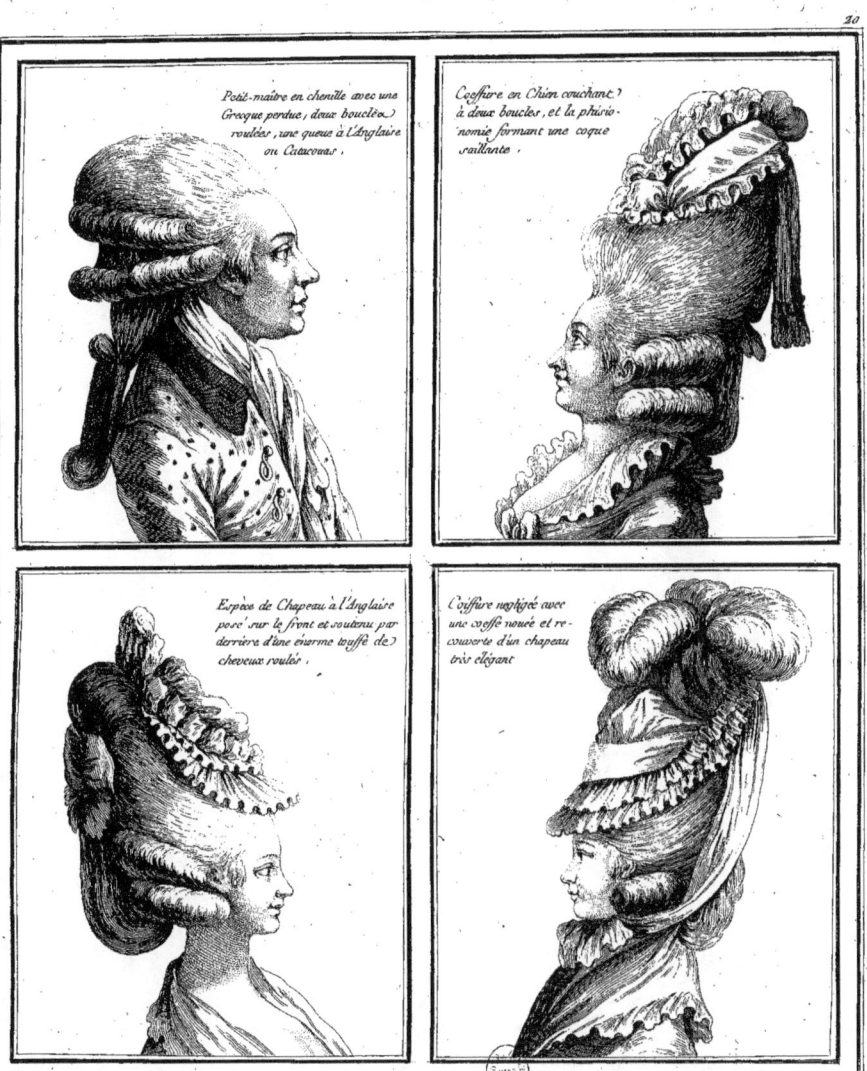

Petit-maître en chenille avec une
Grecque perdue, deux boucles
roulées, une queue à l'Anglaise
ou Catacoua.

Coeffure en Chien couchant,
à deux boucles, et la phisionomie formant une coque
saillante.

Espèce de Chapeau à l'Anglaise
posé sur le front et soutenu par
derrière d'une énorme touffe de
cheveux roulés.

Coiffure négligée avec
une coeffe nouée et re-
couverte d'un chapeau
très élégant

A Paris chez Esnauts et Rapilly, rue St Jacques à la Ville de Coutances. A. P. D. R.

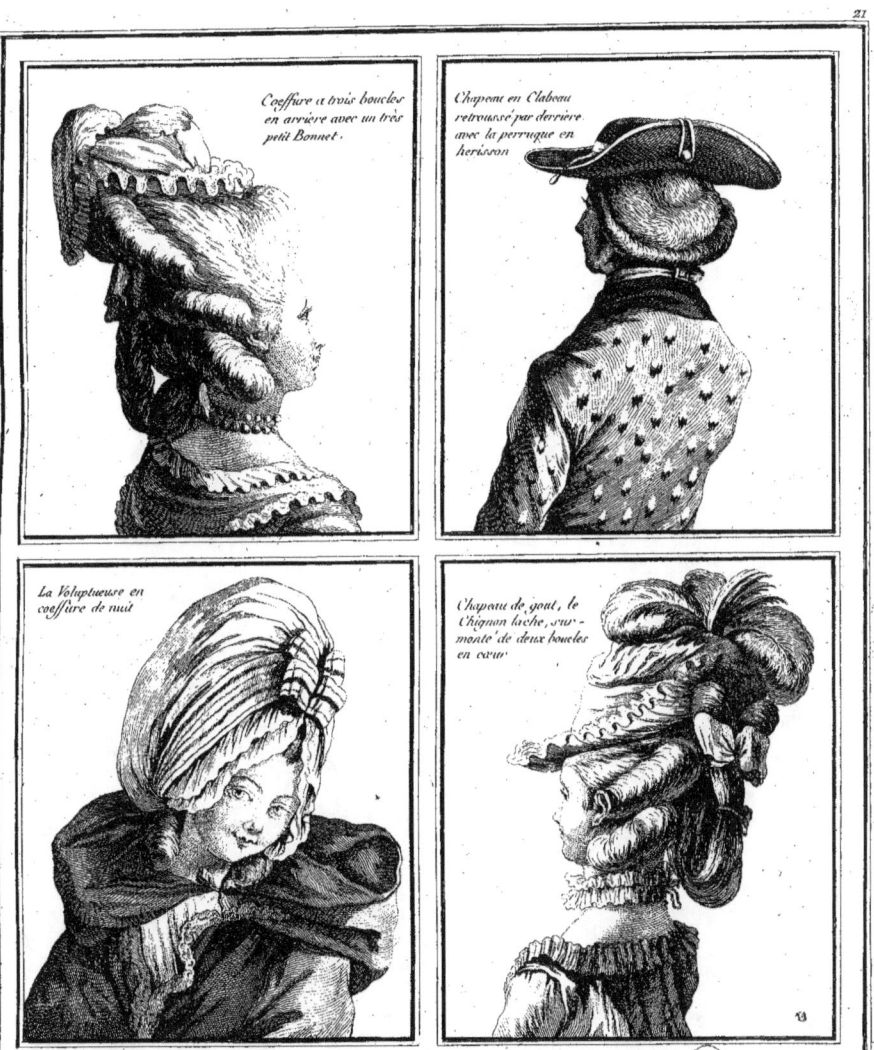

21

Coeffure a trois boucles en arrière avec un très petit Bonnet.

Chapeau en Clabeau retroussé par derrière avec la perruque en herisson

La Voluptueuse en coeffure de nuit

Chapeau de gout, le Chignon lache, surmonte de deux boucles en cœur

A Paris chez Esnauts et Rapilly rue S. Jacques à la Ville de Coutances. A.P.D.R.

La Bourgeoise petite-maîtresse, en demi négligé

Bonnet à la Sultanne

Coeffure à trois grandes Boucles croisées, surmontées d'un pouf.

Les Delices de L'Anglomane

A Paris chez Esnauts et Rapilly rue S. Jacques à la Ville de Coutances A.P.D.R.

Coëffure d'un Soldat Recruteur.

Coëffure à quatre boucles en arrière avec une barrière de grosses perles et un pouf.

Coëffure demi-négligée

Petit-maître en grecque quarrée avec des boucles badines et un favori.

A Paris chez Esnauts et Rapilly rue St. Jacques a la Ville de Coutances. A.P.D.R.

Petit-maître en chapeau à la Suisse avec une très petite bourse.

Chapeau à la Corse avec des glans.

Coeffure à la Circassienne

Chapeau rabatu à la Quakers

A Paris chez Esnauts et Rapilly rue S. Jacques à la Ville de Coutances. A.P.D.R.

Chapeau Anglais

Le Pouf à la puce

Bonnet au Chapeau galant

Bonnet Anglo-américain

A Paris chez Esnauts et Rapilly rue St Jacques à la Ville de Coutances. A.P.D.R.

Bonnet au fichu, à trois
pointes par derrière.

La nouvelle Laitière

Bonnet a la Pouponne
orné de tiéres tigrés

Jeune Dame en habit de
chasse avec un chapeau
galant en feutre garni de
plumes, et les cheveux
noués en queue de
flambeau d'amour

A Paris chez Esnauts et Rapilly rue St Jacques a la Ville de Coutances . A. P. D. R.

Moyen Bonnet à la Frivolité

Nouveau Bonnet au Croissant

Bonnet d'un gout nouveau

Bonnet à la plume de Paon

A Paris chez Esnauts et Rapilly rue S. Jacques à la Ville de Coutances A.P.D.R.

Coeffure à la Flore

Pouf à l'Asiatique

Chapeau ou Casque Anglais orné de perles

Chapeau à la Nouvelle Angleterre.

A Paris chez Bonauté et Rapilly rue St Jacques a la Ville de Coutances. A. P. D. R.

Bonnet d'un goût
nouveau et élégant
avec des per

Nouveau Bonnet a la Draperie avec
deux rangs de grosses perles

Petit Maître avec un Cha-
peau a la Suisse et un
gillet a la Turque

Chignon à deux tresses
acompagné de 4 boucles
de côté a la Chancelière

A Paris chez Esnauts et Rapilly rue St Jacques a la Ville de Coutances. A. P. D. R.

Coeffure à Irlandoise avec des fleurs.

Bonnet aux Berceaux d'amour.

Coeffure en fleurs mêlées dans les cheveux.

Bonnet au fichu attaché par devant.

A Paris chez Esnauts et Rapilly rue S.t Jacques à la Ville de Coutances. A.P.D.R.

6.ᵉ Cahier de Modes Françaises pour les Coeffures, depuis 1776.

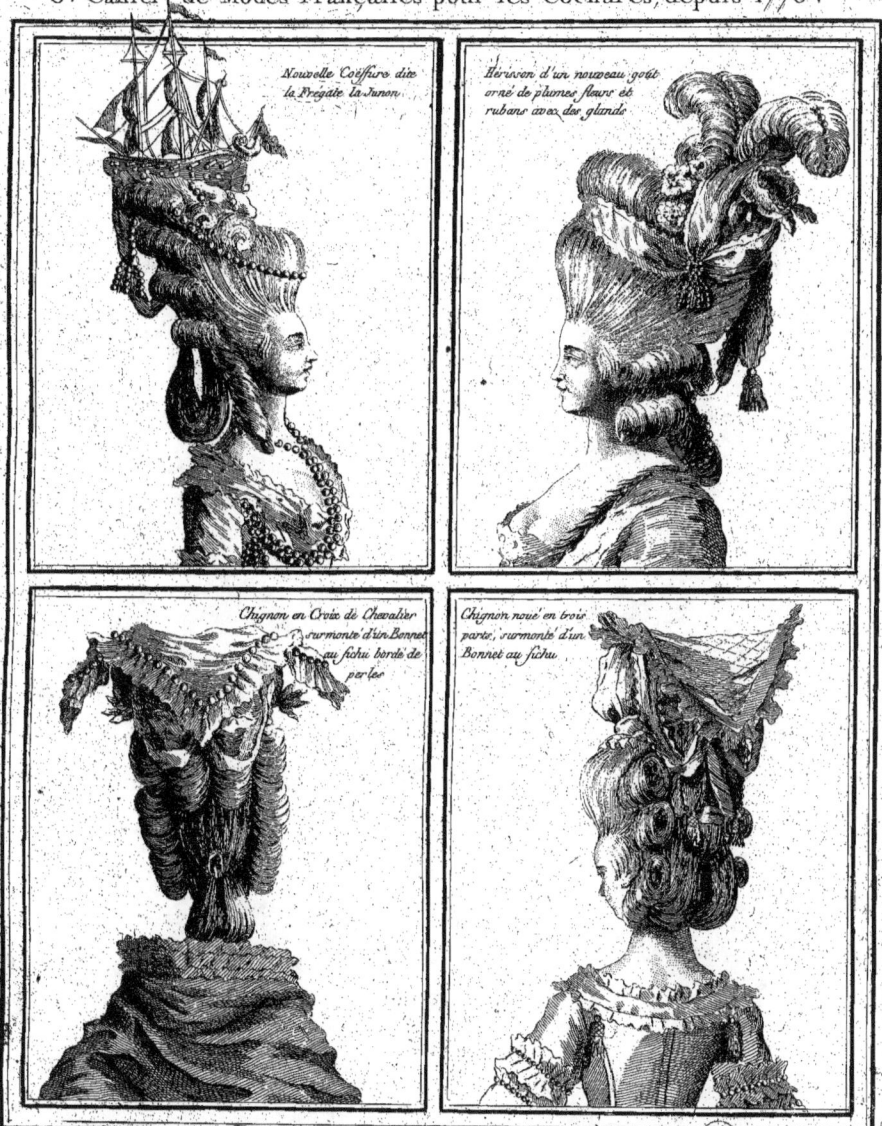

Nouvelle Coëffure dite
la Frégate la Junon.

Herisson d'un nouveau goût
orné de plumes fleurs et
rubans avec des glands.

Chignon en Croix de Chevalier
surmonté d'un Bonnet
au fichu bordé de
perles.

Chignon noüé en trois
partie, surmonté d'un
Bonnet au fichu.

A Paris chez Esnauts et Rapilly, rue S.ᵗ Jacques à la Ville de Coutances. A.P.D.R.

Chapeau au bonheur du Siecle

Coiffure à la Belle Poule

Coeffé à l'Italienne, retroussée
à la prétention ou le désir de
plaire.

La Finette en bonnet rond orné
d'un ruban en rosette avec deux
boucles tombantes et la caleche
retroussée

A Paris chez Esnauts et Rapilly rue St Jacques a la Ville de Coutances. A. P. D. R.

Bonnet à la Gabri-
ele Vergy avec une
guirlande de fleurs, un
ruban qui part de la
coque et va se perdre
de chaque côté dans
les boucles.

Petit Abbé poupin bien cardé
avec une calotte de
le rabat très petit, et le
manteau fort etroit pour
faire valoir sa taille.

Jeune Freluquet en chenille avec
le fin chapeau à la Jacquet.

Coëffure en Herisson avec
un ruban passé en travers.

A Paris chez Esnauts et Rapilly rue St Jacques, à la Ville de Coutances A.P.D.R.

Chapeau en berceau d'Amour orné de fleurs, et d'une barriere liserée de tigre.

Coëffure en Herisson surmontée de plumes et de fleurs et ceinte d'une barriere de perles avec un gland

Bonnet demi negligé avec deux barbes attachées par derriere.

Pouf asiatique avec un fichu à trois pointes

A Paris chez Esnauts et Rapilly rue St. Jacques a la Ville de Coutances. A.P.D.R.

*Petit Bonnet rond du matin
mis en laitière avec deux
boucles tombantes de
chaque côté.*

*Bonnet à la Moresque orné
de fleurs et de perles.*

*Bonnet négligé avec un
fichu à trois pointes.*

*Nouvelle Baigneuse
à grandes barbes.*

A Paris chez Esnauts et Rapilly rue S. Jacques, a la Ville de Coutances. A.P.D.R.

Nouveau Chapeau
galant orné de plumes
et d'aigrettes du côté
droit.

Le même Chapeau
galant du côté
gauche.

Coiffure Orientale surmontée de plumes et fleurs de Lilas, et ceinte
d'une barrière de tigre avec une agraffe de diamants et un cordon
de perles.

Nouvelle Toque, galante ornée
de plumes et de fleurs.

A Paris chez Esnauts et Rapilly, rue S. Jacques, à la Ville de Coutances. A.P.D.R.

Le Clerc del.   Le Beau sc.

Femme en Robe à la Polonoise, de tafetas rayé, garnie de gaze, remettant sa jarretiere et laissant
voir sa belle jambe.

A Paris chez Esnauts et Rapilly rue St. Jacques, à la Ville de Coutances. Avec Priv. du Roi.

Robe à la Polonoise d'étoffe unie à coqueluchon.

A Paris chez Esnauts et Rapilly rue St Jacques à la Ville de Coutances. A.P.D.R.

Petite Maîtresse en Robe à la Polonaise de toile peinte
garnie de mousseline, lisant une lettre.

A Paris chez Esnauts et Rapilly rue St. Jacques à la Ville de Coutances. A.P.D.R.

Dessiné par Le Clerc.

Gravé par Voysard.

Femme de Qualité en Deshabillé, se promenant le matin à la Campagne cet habit est blanc, garni
de bandes de toile peinte, et consiste en une juppe, et un corsage avec queue troussée par derriere

A Paris chez Esnauts et Rapilly, rue St Jacques, a la Ville de Coutances. A.P.D.R.

Marchande de modes portant la marchandise en ville

A Paris chez Esnauts et Rapilly rue St Jacques à la Ville de Coutances.
A.P.D.R.

Dessiné par le Clerc   Gravé par Dupin

Gouvernante d'enfants chez des Gens de Qualité.

A Paris chez Esnauts et Rapilly rue S. Jacques, à la Ville de Coutances. A.P.D.R.

Dessiné par Desrais

Gravé par Voysard

Jeune Dame de Qualité en grande Robe coëffée avec un Bonnet ou Pouf élégant dit la Victoire.

A Paris chez Esnauts et Rapilly, rue St. Jacques, à la Ville de Coutances. Avec Priv. du Roi

Jeune Dame en Circassienne garnie de blonde, ornée d'un ruban tigré, coeffée d'un Chapeau galant avec un chignon lâche et tressé.

A Paris chez Esnauts et Rapilly, rue S.ᵗ Jacques, à la Ville de Coutances. A. P. D. R.

Dessiné par le Clerc   Gravé par Dupin

Bourgeoise se promenant avec sa fille, elle est vêtue d'une etoffe de soie comme
croisée à petites fleurs, et sa fille de buras garni de rubans.

A Paris chez Esnauts et Rapilly, rue St. Jacques à la Ville de Coutances . A. P. D. R.

Desrais del.   Voysard sc.

Jeune Dame coeffée d'un Bonnet rond avec un fichu en marmotte, un Ruban en rosette, une
Polonoise et un mantelet blanc.

A Paris chez Esnauts et Rapilly, rue St Jacques, à la Ville de Coutances. Avec Priv. du Roi.

Cuisiniere nouvellement arrivée de Province et qui commence
à prendre les airs élégants de Paris.

A Paris chez Esnauts et Rapilly rue S. Jacques a la Ville de Coutances . A. P. D. R.

Dessiné par le Clerc Gravé per Dupin

Femme d'un certain ton se promenant la canne a la main, vêtue d'un
Caraco de taffetas garni en Pouf.

A Paris chez Esnauts et Rapilly, rue S.t Jacques a la Ville de Coutances. A. P. D. R.

Deſſiné par Le Clerc

Gravé par Voysard

Petite Maîtresse en Robe Lilas tendre garnie de gaze
à la promenade au Palais Royal.

A Paris chez Esnaut et Rapilly, rue S.ᵗ Jacques a la Ville de Coutances. Avec Priv. du Roi

Dessiné par Le Clerc.　　　　　　　　　　　　　　　　　　Gravé par Dupin.

Elégante en petite robe de Taffetas des Indes rayé, garnie en Pouf,
la garniture de même étoffe.

A Paris chez Esnauts et Rapilly, rue St. Jacques, à la Ville de Coutances. A.P.D.R.

Femme en Deshabillé du matin couchée négligemment sur un
Sopha, et jouant avec son chien.

A Paris chez Esnauts et Rapilly, rue St Jacques a la Ville de Coutances. A. P. D. R.

Dessiné par Le Clerc   Gravé par Voysard

Jeune elegant en habit moucheté avec une veste blanche garnie de bardes d'indiene
et coeffé d'un chapeau à la Suisse et une queue a l'Angloise.

A Paris chez Esnauts et Rapilly rue St. Jacques, a la Ville de Coutances. A.P.D.R.

Dessiné par Desrais   Gravé par Dupin

Bourgeoise élégante se promenant à la Campagne, vétue
en Polonoise du matin avec un Bonnet d'un nouveau goût.

A Paris chez Esnauts et Rapilly rue S.t Jacques, à la Ville de Coutances. A.P.D.R.

Demoiselle a la promenade du matin, en Polonoise garnie en tuyaux, deux montres a ses cotés et coeffée d'un nouveau Pouf elegant.

A Paris chez Esnauts et Rapilly rue S.t Jacques, à la Ville de Coutances . A. P. D. R.

10.ᵉ Cahier de Coſtumes Français. 4.ᵉ Suite d'Habillemens à la mode.

Déssiné par Desrais   Gravé par Bérard

Jolie Femme en Circaſſienne de gaze d'Italie puce, avec la jupe de la meme gaze couvrant
une autre jupe roſe garnie en gaze broché avec un ruban bleu ataché par des Fleurs et
glands et gaze Bouillone' par en bas, et des manchette de filet, coeffé d'un Chapeau en
Coquille orné de Fleurs et de Plumes.

A Paris chez Esnauts et Rapilly rue St Jacques a la ville de Coutances A. P. D. R.

Dessiné par Desrais

Gravé par Voysard

Jeune Dame en peignoir du matin, occupée à lire, elle est coeffée en Chien-couchant avec un
Bonnet negligé garni d'une dentelle noire, les deux barbes retrouffées par derriere, et un
ruban roulé sur une barrière de blonde.

A Paris chés Esnauts et Rapilly, rue S. Jacques, à la Ville de Coutances. A. P. D. R.

Jeune Dame en Polonoise avec des manches à la Circassiene, garnies de manchettes
de filet, et coeffée d'une Baigneuse avec deux barbes de filet.

A Paris chez Esnauts et Rapilly, rue St Jacques à la Ville de Coutances. Avec Pr. du Roi.

Acteur Bourgeois étudiant fou role à la promenade.

A Paris chez Esnauts et Rapilly rue St. Jacques, à la Ville de Coutances. A.P.D.R.

Femme galante à sa toilette ployant un billet.

A Paris chez Esnauts et Rapilly rue S.ᵗ Jacques à la Ville de Coutances A.P.D.R.

Demoiselle habillée en Caracot, coeffée d'un Bonnet à la Pouponne et en filet, orné de liserés tigrés.

A Paris chez Esnauts et Rapilly rue S.t Jacques à la Ville de Coutances. A. P. D. R.

11ᵉ. Cahier des Coſtumes Français. 5ᵉ. Suite d'Habillemens à la mode en 1778.

Le Clere del.
Dupin sculp.

Couturiere élégante allant livrer ſon ouvrage

A Paris chez Esnauts et Rapilly, rue St. Jacques à la Ville de Coutances.
Avec Priv. du Roi.

Bourgeoise en Robe de Satin rayé avec une pelisse fourrée et un manchon blanc.

A Paris chez Esnauts et Rapilly, rue St. Jacques à la Ville de Coutances A.P.D.R.

Desrais del.   Voysard sc.

La Petite Mere au Rendez-vous des Champs Elifées, en Caraco,t avec un jupon garni de mouffeline rayée et un tablier de mouffeline des Indes à fleurs. Elle eft coeffée d'un chapeau à la
Henri IV. garni de perles avec des glands.

A Paris chez Esnauts et Rapilly rue S.ᵗ Jacques, à la Ville de Coutances. A.P.D.R.

Jolie Femme en deſhabillé galant, coëffée d'un Chapeau à l'Angloiſe,
tenant un paraſol à canne, et ſe promenant avec ſon chien.

A Paris chez Esnauts et Rapilly, rue St. Jacques, à la Ville de Coutances). A. P. D. R.

Jeune Bourgeoise vêtue d'une Polonoise avec un tablier de mousseline des Indes brodée:
elle est coëffée d'un bonnet demi négligé dit le Lever de la Reine.

Desrais del.   E. Voysard Sculp.

A Paris chez Esnauts et Rapilly, rue St Jacques, à la Ville de Coutances. Avec Priv. du Roi

Le Clere del.   Dupin Sc.

Habit de bal, le corsage et le juppon retroussés avec des glands, les côtés sont de la même couleur; la juppe de
dessous est d'une autre couleur: les manches sont recouvertes en pouf et garnies de perles; la garniture de la juppe
de dessous ornée d'une guirlande de fleurs; toutes les garnitures sont de gaze légère; une très gr.de coëffure en plumes.

A Paris chez Esnauts et Rapilly rue S.t Jacques, a la Ville de Coutances.   A P. D. R.

Dessiné par Le Clerc.   Gravé par Dupin.

Jeune Dame se faisant coëffer à neuf; elle est en peignoir et sa juppe de gaze d'un jaune très tendre,
Le Coëffeur en veste rouge un peu poudrée, culotte noire et bas de soie gris.

A Paris chez Esnauts et Rapilly, rue S.ᵗ Jacques a la Ville de Coutances.   Avec Priv. du Roi.

Dessiné par Le Clerc   *LA DISTRAITE*   Gravé par Dupin

Cette Femme, après s'être habillée entierement, se ressouvient qu'elle ne s'est point lavé les pieds, et se fait apporter une cuvette par sa femme de chambre. Sa Robe est de Gourgouran gris vineux garnie de même, le Ruban qui regne le long de la garniture est bleu celeste, noué par interval avec des petites fleurs. La femme de chambre en Caraco de Buras pâle.

A Paris chez Esnauts et Rapilly rue St Jacques à la Ville de Coutances. A.P.D.R.

Dessiné par Le Clerc. *Gravé par Dupin.*

LES DÉLASSEMENS DU BOIS DE BOULOGNE.

Robe de taffetas uni d'une couleur tendre, garnie de même. L'habit fond
Jaunâtre, moucheté, veste et culotte blanches.

A Paris chez Esnauts et Rapilly rue S.t Jacques à la Ville de Coutances. *A.P.D.R.*

Dessiné par Le Clerc   Gravé par Dupin

Abbé galant et Poëte lisant avec enthousiasme une piece de vers qu'il a composé.

A Paris chez Esnauts et Rapilly, rue St Jacques, a la Ville de Coutances. A.P.D.R.

Dessiné par Desrais   Gravé par Voysard

Demoiselle en Polonoise unie en Buras, garnie d'une bande de même étoffe, en 1778.

A Paris chez Esnauts et Rapilly, rue St Jacques à la Ville de Coutances. A.P.D.R.

Dorsac del.   *Payrard sc.*

Demoiselle en caracot de taffetas, coëffée d'un demi bonnet : cet habillement tire son origine de Nantes en
Bretagne où les Bourgeoises de cette ville le porterent au passage de M. le Duc d'Aiguillon en 1768,

A Paris chez Esnauts et Rapilly, rue St. Jacques, à la Ville de Coutances. A. P. D. R.

Deßiné par le Clerc   Gravé par Dupin

Cette Robe à la Circaßienne d'un nouveau goût, est de gaze couleur de soufre, la garniture de gaze lilas
tendre; le grand falbala et le bandeau qui règne dans la garniture est la même gaze que la robe, le fond
des sabots aussi; il n'y a que les bandes de garnitures à tuyaux qui soient lilas, les rubans lilas, même celui
de la coëffure.

A Paris chez Esnauts et Rapilly, rue S.t Jacques à la Ville de Coutances. Avec Priv. du Roi

Robe a la Verſailloiſe de Gros de Naples couleur griſe, garnie de mouſſeline unie, les glands
blance, la juppe d'un verd tendre qui tranſpare a travers ce qu'on voit de falbala, les rubans d'un verd
tendre, et coeffée au chapeau, le paraſol d'un bleu violatre très tendre.

A Paris chez Esnauts et Rapilly rue St. Jacques, a la Ville de Coutances. A. P. D. R.

Dessiné par C. L. Desrais. *Gravé par Dupin.*

Jeune Dame coeffée à la Dauphine, vetue d'une Robe à la Reine, de taffetas, garnie au Nouveau Desiré,
Cet Habillement a été inventé par le *S.* *SARRAZIN* Costumier de Leurs Alt. R.les N.es les Princes.

A Paris chez Esnauts et Rapilly rue S. Jacques à la Ville de Coutances. A.P.D.R.

Dessiné par LeClerc.   Gravé par Dupin.

Robe à l'Anglaise de Pekin verd pomme la garniture de gaze unie avec une guirlande de fleurs, un Pouf de
gaze d'Italie bordé de fleurs, le parfait Contentement Rose, les Souliers Rose, et la rosette blanche.

A Paris chez Esnauts et Rapilly, rue S. Jacques, à la Ville de Coutances. A. P. D. R.

Jeune Dame en Circassienne de gaze d'Italie avec une juppe faite de la même gaze; le salbalat est orné d'un
ruban de couleur; elle est coëffée d'un pouf au fichu garni de perles avec une plume sur le côté
gauche, à la mode Asiatique.

A Paris chez Esnauts et Rapilly, rue S.t Jacques à la Ville de Coutances. A. P. D. R.

Desrais del.   *Voysard sculp.*

Jeune Dame de Lyon vêtue d'une robe de taffetas dite Costume à la Piémontoise, garnie de la même étoffe,
coeffée à l'Asirienne dit l'Herisson orné d'un ruban en bandeau d'amour entrelassé de perles, surmonté
d'une plume avec une agraffe de diamant faisant une espèce de Diadême; cette mode a pris son origine au
théâtre de Lyon lors du séjour de Son Alt.e R.le Madame Clotilde de France, Princesse de Piémont, en 1775.

A Paris chez Esnauts et Rapilly rue S. Jacques, à la Ville de Coutances. A.P.D.R.

Deſſiné par Le Clerc   Gravé par Dupin

MONARQUE JUSTE ET BIENFAISANT

Vêtu ſimplement de l'habit Français de velours ceriſe brodé autour; les paremens et la veſte étoffe
d'or brodés comme l'habit avec des paillettes d'or de diverſes couleurs.

A Paris chez Esnauts et Rapilly rue S. Jacques à la Ville de Coutances. A. P. D. R.

Dessiné par LeClere.   Gravé par Patas.

Habit de Cour de satin Cerise, le ruban de tête de même, le coin de gaze qui se voit au côté droit est noir, les
diamants, perles et ruban du tour de gorge blancs, ainsi que les glands du manteau trousse, les dentelles tirent un peu
dans certaine partie sur la teinte du fond, le fond du fauteuil violet, et les armes selon leurs émaux, tout le reste or,
le tapis de pied de toutes couleurs.

A Paris chez Esnauts et Rapilly, rue St. Jacques, à la Ville de Coutances. A.P.D.R.

Habit de printems, cannelé, fond argent, la veste et les paremens de l'habit aussi cannelés
le même fond et cannelé d'une autre couleur.

A Paris chez Esnauts et Rapilly rue St. Jacques, a la Ville de Coutances . A P.D.R.

Dessiné par Le Clerc   Gravé par Voysard

Robe de Cour moyen panier, un seul retroussis, elle est d'hyver, de satin bleu garnie de bandes de queues de martre et les bandes de martre attachées avec des nœuds de ruban blanc sur tout le devant de la juppe.

A Paris chez Esnauts et Rapilly, rue St Jacques, a la Ville de Coutances. A.P.D.R.

Dessiné par Le Clerc

Gravé par Dupin

ARTOIS DRAGONS, HABIT DU COLONEL

Habit de Drap verd foncé, collet droit, paremens, revers, pattes de la poche de Drap rouge
piqué de blanc, boutons blancs, gilet et culotte de Drap blanc.

A Paris chez Esnauts et Rapilly, rue St Jacques, à la Ville de Coutances. A. P. D. R.

Robe de Cour sur le grand panier, cette robe est de gros de Naples et garnie
de dentelle entrelassée de rubans noués de distance en distance.

A Paris chez Esnauts et Rapilly, rue St. Jacques a la Ville de Coutances. A.P.D.R.

Le Clerc del.

Dupin sculp.

TAILLEUR COSTUMIER ESSAYANT UN COR A LA MODE.

Il est vêtu d'un habit noisette à collet noir de velours, deux boutonieres d'or, les boutons et boutonieres de l'Habit de
même, une veste de tricot cerise avec une tresse d'or, culotte de velours noir, et bas de soie gris : la jeune personne
n'a qu'un simple jupon et des bas blancs, et son cor couvert de batiste teinte en jaune.

A Paris chez Esnauts et Rapilly rue S.ᵗ Jacques a la Ville de Coutances . A. P. D. R.

Dessiné par Desrais   Gravé par Dupin

Jeune Dame vêtue à l'Austrasienne, manches en sabots dites à l'Isabelle avec une veste à la Péruvienne par dessus
laquelle passe une ceinture à bandoulière. Ce Costume a pris naissance en 1778. il fut appelé Ajustem.t à Jeanne d'Arc.

A Paris chez Esnauts et Rapilly, rue St. Jacques, à la Ville de Contances. A. P. D. R.

Dessiné par Desrais · Gravé par Patas

Costume pris fous le Règne de Louis XVI. inventé par P. N. Sarrazin Coſtumier de L. A. R. Nosſeigneurs les Princes
Freres du Roi, ce vétement plut beaucoup à Sa Majeſté qui parut déſirer qu'il fut adopté par les Grands de ſa Cour;
il fut mis en uſage aux bals de la Reine ſous le nom de Coſtume de Henri IV. il etoit plus riche dans les ornemens
du détail que ceux exécutés à l'Opera: ſa plus grande vogue a été pendant les bals de 1774, 1775 et 1776.

A Paris chez Esnauts et Rapilly rue S. Jacques à la Ville de Coutances. A. P. D. R.

Dessiné par Le Clere   Gravé par Dupin.

Femme en Caraco plissé de taffetas. changeant gorge de pigeon, la garniture en pouf
de gaze très claire, le chapeau garni aussi en pouf.

A Paris chez Esnauts et Rapilly, rue St. Jacques, a la Ville de Coutances. A.P.D.R.

Dessiné par Desrais   Gravé par Le Roy

Demoiselle élégante coeffée d'un Bonnet anglais et vétue d'une Polonoise de
Persé garnie de gaze avec un liseré tigré, juppon pareil.

A Paris chez Esnauts et Rapilly rue St. Jacques, à la Ville de Coutance A.P.D.R.

Jeune Dame coeffée au Hérisson avec deux boucles détachées de chaque côté, et un Pouf à la Reine orné d'une houpe noire et ceint d'un ruban bleu satiné; dans sa coque une rose en diamant et un croissant. Elle est vêtue d'une grande robe de cérémonie à panier, de taffetas des Indes broché, couleur bleu de Ciel: garniture pareille, et chauffée d'un soulier blanc bordé de rose, boucles à l'Angloise.

A Paris chez Esnauts et Rapilly, rue S.t Jacques, à la Ville de Coutances. A. P. D. R.

Dessiné par Desrais   Gravé par Dupin

Jeune Dame coeffée en baigneuse avec une pelisse de satin doublée de poil,
le juppon est garni d'un falbala de linon à fleurs et à tuyaux.

A Paris chez Esnauts et Rapilly, rue S.t Jacques à la Ville de Coutances. A.P.D.R.

Jeune Dame en couche, coeffée d'un Bonnet rond de linon broché, un serre-tête noué negli-
geament par dessus, elle porte une peliffe de satin doublée de poil sur son deshabillé.

A Paris chez Esnauts et Rapilly rue St. Jacques, à la Ville de Coutances. A.P.D.R.

Prince Grec, vetu de l'Exomide pardessus lequel on a ajouté l'habit civil recouvert du manteau ou Cotte
d'arme dite vulgairement l'Amante. Cet habillement a été exécuté en 1776 pour le S.ʳ le Kain Comedien
du Roi par I. N. Sarrasin Costumier des Princes et Directeur du Sallon des Costumes du Colisée.

A Paris chez Esnauts et Rapilly rue S. Jacques à la Ville de Coutances. A.P.D.R.

Dessiné par Desrais   Gravé par Dupin.

Jeune Dame en robe de taffetas de couleur à volonté garnie de gaze mouchetée, le Parlement
de taffetas blanc garni de blonde mouchetée : un Bonnet à l'Anglaise.

A Paris chez Esnauts et Rapilly rue St Jacques, à la Ville de Coutances. A.P.D.R.

Jeune Demoiselle en Polonoise d'indienne garnie en gaze et coeffée d'un chapeau à
l'Anglaise orné de fleurs et garni d'une dentelle noire. Elle tient un bichon sous son bras.

A Paris chez Esnauts et Rapilly rue St Jacques à la Ville de Coutances. A.P.D.R.

Derrais del.   Patas sculp.

Jolie Femme coeffée d'un Bonnet à la Nouvelle Paysanne, avec un caraco galant de taffetas couleur
verd pomme, garni en gaze d'Italie ainsi que le juppon.

A Paris chez Esnauts et Rapilly, rue S. Jacques à la Ville de Coutances. A.P.D.R.

Deſſiné par Desrais.   Gravé par Dupin.

Robe à la Levantine garnie en hermine, coëffure à la Créole : le juppon et la ſoubreveſte nommées
l'Aſſyrienne, inventé par P. N. Sarrasin Coſtumier ordinaire de Noſſeigneurs les Princes du
Sang freres du Roi, et Directeur ordinaire du Sallon des Coſtumes du Coliſée.

A Paris chez Eſnauts et Rapilly rue St Jacques à la Ville de Coutances. A. P. D. R.

Dessiné par Desrais   Gravé par Dupin.

Jeune Dame en négligé du matin, coeffée d'un bonnet rond de linon à grand ourlet, le serre-tête tigré et une epingle à diamant sur le milieu de la toque des cheveux. Elle a un fichu de gaze frisée sur le col, une pelisse de satin garnie en poil, et le juppon de taffetas des Indes rayé.

A Paris chez Esnauts et Rapilly, rue St. Jacques, à la Ville de Coutances. A.P.D.R.

Fraque à coqueluchon de pluche de soie rouge sans boutonniere par devant, doublé de même etoffe noire :
les manches à paremens et pattes noires, la veste de tricot chiné, la culotte de Calmande rouge, des bas à côtes

A Paris chez Esnauts & Rapilly, rue St. Jacques, à la Ville de Coutances. A.P.D.R.

Dessiné par Desrais.   *Gravé par Dupin.*

Jeune Dame, coëffée d'un demi bonnet rond dit la Laitière avec un ferre-tête couleur de rofe, une peliffe de fatin doublée de poil par deffus une Polonoife de taffetas fond rofe rayé de bleu, avec le juppon de même.

A Paris chez Esnauts et Rapilly rue S.ᵗ Jacques à la Ville de Coutances . A. P. D. R.

Dessiné par Le Clere.

Gravé par Dupin.

Fraque à la Polonoise vu par derriere, avec des tresses Anglaises
qui marquent la taille.

A Paris chez Esnauts et Rapilly rue St. Jacques à la Ville de Coutances. A.P.D.R.

Aux yeux de Paris enchanté
Reçois cet hommage
Que confirmera d'âge en âge
La sévère Postérité.
Non tu n'as pas besoin d'ateindre au noir rivage,

Pour jouir de l'honneur de l'immortalité,
Voltaire reçois la couronne
Que l'on vient de te présenter,
Il est beau de la mériter,
Quand c'est la France qui la donne.

Desrais del.

A Paris chez Esnauts et Rapilly, rue St. Jacques, à la Ville de Coutances. Avec Privilege du Roi.

Dupin sculp.

Dessiné par Desrais.   Gravé par Dupin.

Costume de Dame de Cour sous le regne de Louis XVI. en usage pour les bals de la Reine en 1774, 1775 et 1776
adopté pour le role de la Marquise de Lenoncourt dans le drame intitulé la bataille d'Ivry exécuté a Lyon par
le Sr. P. N. Sarrazin Costumier de la Famille Royale.

A Paris chez Esnauts et Rapilly, rue St. Jacques, a la Ville de Coutances. A. P. D. R.

Dessiné par Desrais   Gravé par Dupin

Costume du fils de la Marquise de Lenoncourt dans le Drame intitulé la bataille d'Ivry, exécuté pour le théâtre de Lyon par le Sr P. N. Sarrazin Costumier de L. A. R. Les Princes Freres du Roi.

A Paris chez Esnauts et Rapilly rue St Jacques, à la Ville de Coutances. A. P. D. R.

Babit de bal avec des manches à la Gabriele et une juppe retrouffée en basques, seconde juppe à
volant garni et mis en guirlande d'une couleur différente de la premiere juppe et uniforme
avec les revers des manches et les rubans.

A Paris chez Esnauts et Rapilly, rue St Jacques, a la Ville-de-Coutances. A.P.D.R.

Dessiné par Desrais   Gravé par Dupin

Costume du Comte Almaviva au 5.ᵉ Acte du Barbier de Séville

A Paris chez Esnauts et Rapilly, rue St Jacques, à la Ville de Coutances. A.P.D.R.

Dessiné par Le Clerc.   *Gravé par Dupin.*

Costume adopté pour les bals de la Cour et pour les fêtes que donnerent Leurs A.R. les Princes Freres du Roi à l'Archi-duc d'Autriche. Cet Habit est imité de celui du tems de Henri IV. le pourpoint taillade et garni de reseaux autour dés crevées, un pantalon noué sous le genou avec des aiguilletes, et par dessus le haut de chausse un manteau et une fraise.

A Paris chez Esnauts et Rapilly, rue St Jacques, à la Ville de Coutances, A.P.D.R.

Costume de Stukeli dans la pièce de Beverley exécuté par P. N. Sarrazin
en 1777 pour le théatre de Nantes .

A Paris chez Esnauts et Rapilly, rue St Jacques, a la Ville de Coutances. A. P. D. R.

Dame de qualité à qui un jeune nègre porte la queue: elle est coëffée d'une espèce de pouf orné de plumes et de fleurs ; avec un ruban entrelassé. les cheveux sont ceints d'une barriere de perles avec un gland . Sa robe est de taffetas rose uni garnie de blonde froncée avec des guirlandes de fleurs et entrelassées de rubans pincés. Son nègre est coëffé d'un bonnet à la moresque orné de perles et de panaches avec un collier d'argent portant les armes de la Dame. Il est vêtu d'un habit et veste fond bleu orné d'un double galon d'argent très riche sur une veste courte fond couleur de feu aussi galonnée .

A Paris chez Esnauts et Rapilly, rue S.ᵗ Jacques, a la Ville de Coutances . Avec Privil. du Roi.

Dessiné par Le Clere   Gravé par Dupin

Habit à la Polonoife un peu habillé avec une vefte de fatin piqué à bavaroife de couleur, bordée d'or ;
chapeau en clabeau retrouffé par derriere.

A Paris chez Efnauts et Rapilly, rue St. Jacques, à la Ville de Coutances . A.P.D.R.

Dessiné par Le Clerc.
Gravé par Dupin.

Bourgeoise aisée en robe de satin rayé, une pelisse de satin bleu avec une large bordure d'hermine,
un manchon blanc: elle a des sandales par dessus les souliers.

A Paris chez Esnauts et Rapilly, rue St. Jacques, à la Ville de Coutances. A.P.D.R.

Dessiné par Le Clerc

Gravé par Dupin.

Cet homme est vêtu d'un habit en surtout à brandebourg de camelot de soie doublé de martre, veste de drap d'or à bordure, doublé de pluche de soie blanche, culotte de velours : il porte des sandales par dessus ses souliers.

A Paris chez Esnauts et Rapilly, rue St. Jacques, à la Ville de Coutances. A.P.D.R.

Dessiné par Le Clerc   Gravé par Dupin

Fraque d'été de toile vermicelée à petites bandes de toile peinte qui tiennent lieu de galons.

A Paris chez Esnauts et Rapilly rue S.t Jacques à la Ville de Coutances. A.P.D.R.

Dessiné par La Clere.   *Gravé par Le Roy.*

Polonaise de toile bleue et blanche vermicelée garnie à plat de bandes de toile peinte de toutes couleurs sur fond blanc.

A Paris chez Esnauts et Rapilly, rue St. Jacques à la Ville de Coutances. A.P.D.R.

Dessiné par Desrais.   gravé par J. aveline le jeu

Habit d'Erosine dans le Barbier de Séville, Costume inventé pour le théatre de la Ville de Lyon en 1775 par P. N. Sarrazin
Costumier de L. Alt. R. Nosseigneurs les Princes freres du Roi.

A Paris chez Esnauts et Rapilly rue St Jacques à la Ville de Coutances. Avec Pr. du Roi.

Dessiné par Le Clerc

Gravé par Dupin

Redingotte à colet et à bavaroise un peu ajustée pour monter à cheval, veste du matin à bavaroise bordée d'une tresse à l'Anglaise et culotte de peau.

A Paris chez Esnauts et Rapilly rue S. Jacques, a la Ville de Coutances. A. P. D. R.

Desciné par Le Clerc · Gravé par Dupin.

Redingotte en Bakmann ou à coqueluchon.

A Paris chez Esnauts et Rapilly, rue S.ᵗ Jacques, a la Ville de Coutances. A.P.D.R.

Dessiné par Le Clerc

Gravé par Dupin

Habit de drap galonné à la financiere avec un galon large

A Paris chez Esnauts et Rapilly, rue S. Jacques, à la Ville de Coutances. A.P.D.R.

Dessiné par LeClerc

Gravé par Dupin

Habit de bal à la payſanne, compoſé d'un juſte et une juppe de taffetas
gris garni de bandes de taffetas roſe.

A Paris chez Eſnauts et Rapilly rue S.ᵗ Jacques à la Ville de Coutances. A.P.D.R.

Dessiné par Le Clerc

Gravé par Dupin

Habit de Paysan en usage pour les bals.

A Paris chez Esnauts et Rapilly, rue St Jacques, à la Ville de Coutances. A.P.D.R.

Deſsinée par Le Cleró.　Gravée par Voyſard.

Jeune Dame montant à cheval; elle eſt habilleé en homme avec un fraque à bavaroiſe
et une juppe: ſa cöéffure eſt un chapeau noir couvert de plumes de la même couleur

A Paris chez Esnauts et Rapilly, rue St Jacques a la Ville de Coutances Avec Pr. du Roi

Darrais del.

Duflos invenit

Nouvelle Robe dite la Long-champs retroussé avec des nœuds d'amour et des glands, garnie en pailletes, et ornée d'une ceinture à la Lévite : elle est couverte d'une seconde robe de gaze mouchetée. Ce Costume a été inventé par P. N. Sarrazin Costumier de Nosseigneurs les Princes Freres du Roi.

A Paris, chez Esnauts et Rapilly, rue St. Jacques, à la Ville de Coutances. A.P.D.R.

Dessiné par Desrais   Gravé par Dupin

Jeune Dame coëffée d'un chapeau Anglais dit chapeau à la Turque, orné de fleurs et de gaze
elle est vetüe en Polonoise de gaze rayée en argent sur un fond de taffetas rose, ainsi que la juppe.

A Paris chez Esnauts et Rapilly, rue St Jacques à la Ville de Coutances. A.P.D.R.

Dessiné par Le Clerc   Gravé par Le Beau

Robe à la Lévite, a deux plis par derriere, toute droite, arrêtée à la taille avec une écharpe dont les bouts
se terminent par des glands. Coëffure, un chapeau de paille garni de gaze en pouf et orné de fleurs.

A Paris chez Esnauts et Rapilly, rue St. Jacques, à la Ville de Coutances. A.P.D.R.

Polonoise de taffetas garnie en bordures d'indienne, therese de gase mouchetée, par
dessus un bonnet rond ceint d'un serre-tête noué négligemment.

A Paris chez Esnauts et Rapilly, rue St. Jacques, à la Ville de Coutances. A. P. D. R.

Dessiné par Desrais

Gravé par Dupin.

Circassienne de taffetas à bandes de rubans avec la juppe d'une autre couleur garnie de gaze
à petits plis ronds, et ornée de trois grandes bandes de rubans de couleurs différentes.

A Paris chez Esnauts et Rapilly rue St Jacques à la Ville de Coutances. Avec Pr. du Roi.

Dessiné par Desrais.   Gravé par Dupin.

Habit de Divinité infernale, inventé par P. N. Sarrazin Costumier de L. A. R. Nosseig.^{rs}
les Princes Freres du Roi, Directeur du sallon des Costumes du Colisée.

A Paris chez Esnauts et Rapilly, rue St Jacques, à la Ville de Coutances. Avec Privil. du Roi.

Dessiné par le Clère   Gravé par Patas

Jeune Dame qui s'est affublée d'un grand Domino de taffetas à capuche; cet habit est adopté depuis longtems dans les bals publiques où l'on va non pour danser, mais pour jouir du spectacle sans être connu : il est commode en ce qu'il recouvre également la toilette la plus négligée comme la plus grande parure.

A Paris chez Esnauts et Rapilly rue St. Jacques, à la Ville de Coutances. A. P. D. R.

Dessiné par le Clerc   Gravé par Patas

Habit Romain militaire pour le théatre Français recouvert de sa cotte d'arme pourpre brodée à l'entour.

A Paris chez Esnauts et Rapilly rue S.ᵗ Jacques, à la Ville de Coutances. A. P. D. R.

Dessiné par Desrais.   *Gravé par Dupin.*

Costume de Furie ou d'Euménide restauré pour le théâtre de l'Opéra par P. N. Sarrazin Costumier
de L. A. R. Nosseigneurs les Princes Freres du Roi.

A Paris chez Esnauts et Rapilly, rue S. Jacques, à la Ville de Coutances. A. P. D. R.

Dessiné par Desrais. Gravé par Dupin.

Un Officier de Cavalerie à la suite de Henri IV. dans le drame intitulé la Bataille d'Ivry, exécuté
à Lyon par le Sr. P. N. Sarrazin Costumier de la Famille Royale et du Colisée.

A Paris chez Esnauts et Rapilly, rue St. Jacques à la Ville de Coutances. A. P. D. R.

Dessiné par LeClerc

Gravé par Dupin

Habillement d'Athalie au théatre de la Comedie Françoise. On la prise ici au moment où a
defespoir du couroñem! de Joas elle s'écrie avec violence, Dieu des Juifs......tu l'emportes.

A Paris chez Esnauts etRapilly rue S. Jacques a la Ville de Coutances, Avec Pr. du Roi.

Deſſiné par le Clerc.   Gravé par Dupin.

Jeune Mariée que l'on mène à l'autel, elle eſt vêtue d'une robe de Pekin garnie de gaze de ruban
et de fleurs : ſa robe eſt une grande robe ſur un moyen panier ; celui qui la conduit a un habit
et une veſte fond d'or brodée autour avec des ors de couleur.

A Paris chez Eſnauts et Rapilly rue St. Jacques à la Ville de Coutances
Avec Priv. du Roi.

Deßiné par le Clerc.   Gravé par Dupin.

Robe a la Polonoise de toille blanche, a bordure de toille peinte, un Tablier de gaze,
la coeffure est un Chapeau garnie a la mode.

A Paris chés Esnauts et Rapilly rue St. Jacques a la Ville de Coutances. A.P.D.R.

Dessiné par Le Clerc

Gravé par Dupin

Robe à l'Angloise, queue trainante, de taffetas garnie de gaze en pouf, chapeau de gaze d'Italie
et d'une bordure de plumes, au dessous du ruban une aigrette et un héron de plumes noires.

A Paris chez Esnauts et Rapilly rue St. Jacques, à la Ville de Coutances. A.P.D.R.

Dessiné par Le Clerc.   *Gravé par Voysard.*

Robe à la Lévite à corsage en fourreau, juppon coupé avec la garniture en platitude couleur de la robe, coeffure demie négligée dite à la Picarde, à barbes de gaze d'Italie découpée en dentelle.

A Paris chez Esnauts et Rapilly, rue St Jacques, à la Ville de Coutances. A.P.D.R.

Darroir del.   Voysard sculp.

Cauchoise élégante dans le costume de son pays: elle porte un juste à la paysanne garni de falbala en
taffetas rose juppon de même étoffe, et garni de même, tablier de mousseline claire.

A Paris chez Esnauts et Rapilly rue S. Jacques à la Ville de Coutances .A.P.D.R.

Dessiné par Desrais   Gravé par Voysard

Deshabillé de taffetas blanc, bordure de taffetas rose chiné, soulier rose bordé de verd anglais, rosettes, mantelet de taffetas blanc garni de gaze de fantaisie, bonnet négligé, le ruban rose tigré sur un chien couchant à 2 grosses boucles.

A Paris chez Esnauts et Rapilly rue S. Jacques à la Ville de Coutances. A.P.D.R.

Martin Inv.   Gaillard Sculp

Medeé.
Dans l'Opera de Jason et Medée
A Paris chez Esnauts et Rapilly rue St. Jacques a la Ville de Coutances A.P.D.R.

Apollon.
Dans l'Opera de Phaëton

A Paris chez Esnauts et Rapilly rue St Jacques a la Ville de Coutances. A.P.D.R.

J.B. Martin Inv.   et Sculp

Silphide

Dans le Ballet des Elements

A Paris chez Esnauts et Rapilly rue St. Jacques a la Ville de Coutances. A.P.D.R.

Silphe
Dans le Ballet des Elements

J. B. Martin Inv.   et Sculp.

A Paris chez Esnauts et Rapilly rue St Jacques à la Ville de Coutances. A.P.D.R.

_143_

J.B. Martin Inv. et Sculp

Paysanne Galante.

On fait usage de cet habit dans le Ballet de la Provençale, et dans plusieurs Ballets du même genre

A Paris chez Esnauts et Rapilly rue St. Jacques à la Ville de Coutances. A.P.D.R.

Paysan Galant.
Habit en usage dans plusieurs Ballets

A Paris, chés Esnauts et Rapilly rue S. Jacques a la Ville de Coutances A.P.D.R.

J.B. Martin. Inv. et Sculp.

Africain.
Dans Aline Reine de Golconde

A Paris chez Esnauts et Rapilly rue S.ᵗ Jacques, à la Ville de Coutances. A.P.D.R.

Thetis.
Dans des Fragmens d'Operas
A Paris chez Esnauts et Rapilly rue St. Jacques a-la Ville de Coutances. A.P.D.R.

Démon.

Dans Armide, dans Psiché, et dans quelques autres Operas.

A Paris chez Esnauts et Rapilly, rue St Jacques, a la Ville de Coutances. A.P.D.R.

J.B. Martin Inv.

et Sculp.

J.B.Martin Inv.   Gaillard Sculp.

Furie.

Dans Iphigenie en Tauride et dans plusieurs Operas.

A Paris chez Esnautts et Rapilly, rue S. Jacques à la Ville de Coutances. A.P.D.R.

J.B. Martin Inv.   et Sculp

Faune.

Dans la Féte de Bacchus, et dans le Balet du Triomphe de Bacchus, de l'Opera de l'union de l'Amour et des Arts.

A Paris chez Esnauts et Rapilly, rue S.t Jacques, à la Ville de Coutances. A.P.D.R.

J.B. Martin Inv.

et Sculp.

Venus.

Cet habillement sert dans plusieurs Fragmens où paroit cette Déesse

A Paris, chez Esnauts et Rapilly, rue St Jacques, à la Ville de Coutances. A.P.D.R.

Deſſiné par le Clerc   Gravé par Dupin

Vetement d'Idamé dans l'Orphelin de la Chine, donné par Sarrazin Cuſtumier Ordᵗᵉ des Princes.

A Paris chez Esnauts et Rapilly rue Sᵗ. Jacque a la Ville de Coutances. Avec Pr. du Roi

Dessiné par Le Clerc

Gravé par Patas

Habit de Sultane qui sert à la Comédie Française dans les Pieces
où il y a un rôle propre à ce Costume.

A Paris chez Esnauts et Rapilly rue S. Jacques à la Ville de Coutances. A.P.D.R.

J.B. Martin Inv.

et Sculp.

Chinois.

Dans les Indes Galantes et autres Ballets.

A Paris chez Esnaute et Rapilly rue St. Jacques, à la Ville de Coutances. A.P.D.R.

Chinoise.

Habillem.^t qui fert dans plufieurs Divertiffemens, comme le Balet des Indes Galantes, &c.

A Paris chez Efnauts et Rapilly, rue St Jacques à la Ville de Coutances . A.P.D.R.

Reine des Sylphes,
Dans le Balet des Elémens &c.

A Paris chez Esnauts et Rapilly rue S. Jacques à la Ville de Coutances. A.P.D.R.

Neptune.

Dans différens Opéras et Fragmens.

A Paris, chez Esnauts et Rapilly rue S.t Jacques à la Ville de Coutances. A.P.D.R.

Dessiné par le Clerc.   Gravé par Dupin.

Jeune Dame qui quête: elle est vêtue d'une robe de Cour, de Pekin, garnie de gaze entrelassée de rubans et de guirlandes de fleurs. Celui qui la conduit est vêtu d'un habit de Gros de Naples, brodé autour en paillettes de toutes coul.rs

A Paris chez Esnauts et Rapilly, rue S.t Jacques, à la Ville de Coutances. Avec Pr. du Roi.

Dessiné par le Clerc.   Gravé par Patas

Robe de tafetas de couleur changeante, garnie de tafetas fond blanc chiné de diverses couleurs et
ornée de blonde autour des garnitures, le chapeau est ceint d'un ruban roulé.

A Paris chez Esnauts et Rapilly, rue St. Jacques, à la Ville de Coutances. A. P. D. R.

Dessiné par le Clerc.　　　　　　　　　　　　　　　　Gravé par Voysard.

Robe à la Turque ou espèce de Circassienne, mais différ.te des autres; elle a un collet comme une robe en Lévite, et une très grande écharpe blanche nouée à la ceinture: le juppon coupé; aucune garniture. Cette robe dont nous donnerons le développement de profil et par derriere, attira tous les yeux du Public, lorsqu'elle parut pour la première fois au Palais Royal, au mois de juillet dernier 1779

A Paris chez Esnauts et Rapilly rue St Jacques à la Ville de Coutances. A.P.D.R.

Desséné par Le Clerc.

Gravé par Patas

Jeune Dame tenant son enfant dans ses bras : elle est vêtue d'un caraco à la Polonoise à bandes, et à ner-
vures d'une autre couleur ; les bandes sont ornées autour, d'une petite blonde. Elle est coëffée d'un joli
chapeau de paille bordé de ruban avec une garniture de gaze en forme de champignon, et un ruban roulé.

A Paris chez Esnauts et Rapilly, rue S.t Jacques, à la Ville de Coutances. A.P.D.R.

Deßiné par Leclere.   Gravé par ?.

Vêtement dit à la Créole, composé de celui que portent nos Dames Françaises en Amérique: c'est une grande robe de mousseline, à manches justes qui se serrent au poignet; la robe est un peu ajustée à la taille et dégagée autour de la gorge dans le
goût d'une chemise; elle est cependant fortaisée et ouverte par devant; on l'attache en haut avec une épingle lorsqu'on
veut qu'elle joigne, et à la ceinture avec un ruban comme la Lévite; par dessus un caraco à coqueluchon sans manches;
celles de la robe forment l'amadis. Cette figure est coëffée d'un chapeau dit à la Greude.

A Paris chez Esnauts et Rapilly rue S. Jacques a la Ville de Coutances. A.P.D.R.

Dessiné par Le Clerc.   Gravé par Patas

Levite ornée de brandebourgs et cordonet d'une couleur tranchante fur les paremens et fur le fond ; la garniture
du juppon en platitude de la couleur des brandebourgs. Cette figure est coëffée d'un chapeau à la Dewonshire ou à
la Spa: cette mode fut apportée de cette ville à la Cour de France, et y avoit été portée par Mme Dewonshire.

A Paris chez Esnauts et Rapilly, rue S. Jacques, à la Ville de Coutances.   A.P.D.R.